生命,因閱讀而大好

李秉律
이병률

愛上名爲
「自己」的 風景

王品涵——譯

目次

創造波濤人生的，
是我自己

從前渴望旅行的那段日子，我曾因期盼啟程日而改變日常，只為配合那趟旅程。有人相信當時的我每次呼吸都在等著啟程的日子嗎？然而，到了現在，卻也有過未能在旅程中拾獲特別感觸，便敗興而歸的經歷。結束如此令人喪氣的旅程後，我其實相當驚訝。即便這趟旅程不是在有所匱乏的狀態下出發，卻也讓我明白自己某種程度上不滿足的事實。面對旅程，我的態度開始變得一塌糊塗，再再感到徬徨失措。

如果想吸收某些東西，如果想放大感官，感受某些微小事物，如果想懂得為何溫熱的期待變得冰冷，唯有在靈魂乾涸至某種狀態才有可能。當然了，實際上只是過著無病呻吟日子的我們，對旅程的不適應罷了。人之所以總感覺瀕臨枯竭，正是代表一切就快好轉的潛在「信號」來了。

我去了趟郵局。正在包裹一個小箱子時，有位男孩開門走進來，我打算再處理另一件必須郵寄的物件之際，男孩已經處理好要辦的事並離開，耳邊傳來郵局職員的對話，於是我得知他到郵局的原因。

「他是某某出版社的員工吧？」

「對，他很常來。今天寄了原稿給新春文藝。」

由各大報社聯合主辦的新春文藝獎，於每年十二月截稿，一月公布結果。這個獎項蘊含著「嶄新春日氣息」的意義，不過，一次只會從幾百位競爭者中，挑出一位夠資格的新人作家。比起成功的人，落選的人多如海邊沙礫般，但極低的機率卻令人更心動。我同樣也在新春文藝獎嘗盡了苦頭，完成投稿的那天，莫名地感覺寒冷，那股詭異的寒意，以及苦等結果的那些日子，使我的心猶如在風中飄盪，隨時瀕臨發瘋。

不過，落選一事根本不重要。沒被選上與被選上同樣具有意義，而清楚自己「果然還是不行」的過程也很重要——因為從中能體悟到「原來別人可能會不懂我的創作」、「單憑自己渴切且盼望的心，根本達不到目標」、「為了走上這條路，需要過人的傲氣並體會一次次的失落」。落選後再次提筆，將會有所改變。面對自己可能做不到的事，承認在競賽中藏著不合理的機率，足以改變一個人的某些層面。這不僅讓人更肯定自己的存在，還能提升內心的力量。未曾在某處跌倒的我們，未曾在某處毀滅的我們，終究無法成長。

另一件必須做的事，則是洗滌，好好地洗滌。

無論如何，我們總會受傷；無論如何，我們總會被他人發現自己的缺點（可以說被發現，但正確來說，應該是因為別人而露餡）。他人往往善於發現我們的缺點，被他人打擊的瞬間，彷彿一切都靜止下來，但這樣的心情也會在時間的流逝中被稀釋。創傷也好，被揭發的缺點也好，都必須好好地洗滌。洗滌可以是「將心靈擦拭洗淨」，也可以是「斬除細胞的根」。

唯有洗滌，才能長出新肉，而後在新肉之處，萌生嶄新氣息。新肉無法乾淨地貼合在未經好好洗滌的部位，儘管將未洗滌的部位與新肉適度融合，也不會百分之百完美。如果沒有好好洗滌，髒污不就會如影隨形地相伴嗎？創傷與我擦身而過，哪怕它僅留下細微的指紋，也不該遺留在我身上。

我想起自己喜歡的「反動」一詞。物理學上又被稱為「反作用力」的這個詞彙，在字典裡的意思是：當物體A作用於物體B時，將出現同等的力量作用於物體A上。

這表示，「力量」是源於我「開始做某件事的當下」，換句話說，倘若不存在任何開始，也不可能存在任何反動。人生，是一連串的反動，並藉著連續產生的結果，撐起了未來。因此，那些源於自己內心、源於某人行為的「信號」，假若不是為了不讓反動停下來，那又是為什麼呢？

「不夠成熟」代表的是「心有餘而力不足」的狀態。佇立於「內心」與「身體」的使用方法前，我們總是一次又一次地躊躇。假如我們幾乎從未獨自披荊斬棘地生活，不僅容易不知所措，也無法創造屬於人生的花紋。

心理學家艾瑞克森（Erik Homburger Erikson）不就曾這麼說過嗎？

「人的一生，會經歷重大的危機，卻也能從中獲得更多成長。有些人會因一些極小之事而筋疲力竭，若這些人對自己的意志力不足，或不願承擔自己的責任，任何事都將使他們崩潰。」

獨處的時光，必然使你變得堅強。對獨自一人的你而言，怎麼可能沒有危機？怎麼可能不在茫然中耗竭？在獨處的時間，自問自答的過程中，免不了折磨人的「孤寂」。為了能在孤寂前堅毅不撓，你必須懂得享受獨處的時光。獨處的時光，理應運用得像是對待自己的生命，如此一來，單憑跌倒又起身的反覆過程，便能使你成為一個像樣的人，這才是我們成為自己主人的過程。這些過程，也會讓我們懂得將自己內心握有掌控權的主人，轉而成為聽候吩咐的「執事」。

今晚，「時間」同樣向我說了意義深遠的話：「今天也成長了嗎？抑或『只是那樣』地度過了呢？」

創造波濤人生的，是我自己。普通的人，讓自己乘著他人創造的波濤；特別的人，用自己創造的波濤乘載更多的他人。

MONTMA RE
SACRÉ COEUR
PLACE DU TERTRE

FRUITVEILING

喜歡也好，愛也好，
通通都是獨自一人

有人問：「愛與喜歡的差異是什麼？」毋須刻意回答，因為這不是三言兩語能說完的。

我喜歡在山腳下聽見的雨聲。

人一旦愛了，自然會變成時光裡的富者、觀景後感觸良多的詩人，枯木將冒出嫩葉，前來造訪的鳥兒坐在葉上。不會只遇見絢爛的日子，奇妙的一切以奇妙的方式降臨並衝突著。「愛」，還是會痛，陷入不明白「愛怎麼會痛？」的疑惑本身，已令人痛得撕心裂肺。「喜歡」，則是在心情愉悅的某個晴朗日子裡，內心被扎實填滿的狀態。假如打掃時戴上的塑膠手套，在完成打掃後無法輕易取下的狀態是「愛」，那麼，能輕易取下的狀態或許就是「喜歡」了。假如「喜歡」是不用划槳也能讓悸動的心橫渡海洋，安然抵達彼岸的話，那麼「愛」便是在眼眸裡傾注整桶的顏料，讓一切視野與情緒擺脫不了那抹色彩的狀態。

誰也不能妄論兩者間存在多明顯的差異，或許是陽曆十一月某日與陰曆十月某日的差異罷了。若說愛與喜歡間存在差異，越談越模糊；若說愛與喜歡間不存在差異，則越談越清楚。

有人喜歡著我。即便有些難為情，但要得知並非難事。每次相遇時，光是透過空氣之類的東西，光是待在同個空間，都能察覺瞬間變得絢麗的晚會氛圍。當聊起彼此的共通點與想要的生活方向時，我也總能意識到。

終於，我也喜歡著那個人。單憑久違地遇見常聽收音機的人，單憑罕見地遇見喜歡坐在飛機最後一排的人，已是件相當美好的事。哪怕僅是暫時的，任何人都有段時期需要愛的對象，多一點緊張、多一點絕望、多一點戲劇化的時光，便足以接起寂寥的片刻。

如果「喜歡」是我給自己的「鬧鈴」，那麼「愛」便是我對自己下的「命令」。

我曾喜歡過某人。

我只是喜歡「喜歡某人時」滲透到我體內的情緒，而非「喜歡」本身。然而，這一切變成「愛」時，卻截然不同，「愛」所激起的海浪高度，以及摧毀彼此間界線的破壞力，都令人震撼。

這份震撼，即使在「愛」結束後，經過無數季節更迭，依然是積累在心上的債，儘管人們總用「累」之類的詞彙，枯燥地縮寫這些無從償還的債。如果一切都結束了，仍不覺得有多艱辛，且只能用「累」形容如此艱辛的狀態，那麼和吃完湯麵後卻說自己吃了麵粉，有什麼不一樣？

喜歡也好，愛也好，通通都是獨自一人，兩者就算趕著時間亦無法直接抵達某個終點，但沒有喜歡的生活，或沒有愛的生活，同樣很艱辛，這猶如嘗試分辨兩者間微妙的伏流與暗湧般艱難。不過，我們其實也不是渾然不知，倘若活在無法接受「喜歡」與「愛」的世界，人生便會長期被無趣地禁錮在浪費時間的事上。

山茶花樹
短暫地被風搖動了

從濟州島工作室的窗口望出，這景色正是所謂的秋天。村落中種著成列的鐵冬青，遼闊而高遠的天空甚至無法盡收眼底。因為喜愛附近的石牆而特地前來散步的那天清晨，與偶遇的老奶奶打了招呼，種下借用這間工作室的契機。

「老奶奶，這一帶真的好美。」

語畢，未與我對視的老奶奶邊繼續走著自己的路，邊朝著後方拋下一句話：

「美的話，大可住下來……」

我不服輸地接著問道：

「總要有房子才能落腳吧？」

於是，她說昨天隔壁鄰居好像才剛搬走，要我稍等一下。剛從鄰居家處理完事情回來的她，邀請我到自家的客廳坐一坐。我坐在客廳與老爺爺短暫交談時，老奶奶不管三七二十一便從飯鍋裡盛一碗米飯，要我一起吃飯，即使說了「我已經吃過了」，她依然堅持「你一臉就是沒吃早餐的樣子」，頻頻勸我吃飯。在與屋主一來一往的聯繫間，才知道竟也是位寫詩的老人家，真的是緣分。

糊了壁紙、整理空間、打掃庭院後，夏日也已畢業。啊！我還搬了書過來。在夏日逐漸褪色之際，為了和這個房子培養感情，我付出扎扎實實的努力，買了幾棵山茶樹，又挖了幾株球莖植物回來栽種。一大早在鳥鳴聲中睜開雙眼，在晚風中點亮燈火的生活於是展開。

不久後，我才很偶然地得知，你和我只隔著一條馬路。知道我經常注視的地方是你的出生之地，而你在那度過童年，那瞬間，我究竟有多激動？

我們一起前往濟州島，是好久、好久以前的事。濟州島的東南西北很難區分，我們僅是沿著海岸線奔馳。那時，你冷不防地說了一句：

「小時候，我在這裡住過，在那個地方。」

你說，跟著爸爸舉家南下生活時，風很大，隔壁住著遠房親戚。是啊……明明已記不得那時的我，竟無心地決定讓工作室座落於此，而這個地方和那個地方相距不遠。是因為這樣嗎？一切好自然。隨著遷移後的身體開始適應，我也下定決心要讓此處的風嵌在自己的心上。

我從未預想，在一個人生活過的地方度日，會是如此煎熬。那不過是某段時間很喜歡，甚至很尊敬的人生活過的所在罷了，但我竟浮現了「那個地方在守護著自己」的信念。我終於相信「有時是位置在選擇人」、「等待著某人的土地，終究會引領他前來落腳」之類的話。某個日暮時分，我決定挪動腳步，前往一直以來僅是凝望著的那個地方。沿著石牆，轉進小巷，我便彷彿已在那裡蓋起了一間房子，尋到落腳處。

一隻野貓看見我，沒有逃跑，只是靜靜地坐著注視我。原本打算不打招呼的我，反而得到野貓的問候。隨著午飯的香氣四溢，映於牆上的光線變得顯眼之際，我佇立於那戶人家的門前，彷彿已經確認一般。只因房屋的樣貌，與居住在其中的人風格相似。

山茶花樹不過短暫地被風搖動了，而我卻喘不過氣。

站在曾有段時間讓我倍感折磨的某人家門前，彷彿聽見了曾待在家裡的他，與家人們溫馨交談的聲音，彷彿他下一秒便會打開門走出來……我的雙腿頓時失去力氣，如此折磨又令人恍惚。

或許在幾十年前、幾百年前，他便已住在濟州島上的那間小房子。或許在上輩子、上上輩子，那個地方便已是他落腳生活之處。

那是對我誤會很深的人。因此，也是我很恨的人。

山茶花樹不過短暫地被風搖動了，卻猶如他出現般。被風的香氣輕拂的我，於是轉頭回顧身後。曾幾何時，我向你呢喃著「世上再沒有比風

的香氣更美好的味道了」，而你也告訴過我「最喜歡起風的日子」。

沿著美麗的石牆返回工作室途中，我邊想著要立刻買點大蔥種滿空蕩蕩的庭院，邊下著不該沉迷於濟州島的決心，以及那些景色、人情、美酒……

就算每晚升起滿月什麼的，我也不會沉迷於此……我下了諸如此類的決心。

請想起我
十分鐘就好

走十分鐘，抵達時常光顧的巷弄小店。
只有我知道的十分鐘散步小徑。
品嘗一顆蘋果，或是重複聆聽一首歌的，十分鐘。

既然如此，比起詢問「假如只能活一個月的話，你想做什麼？」的問題，「假如只能活十分鐘，你要怎麼過？」似乎更合適。一個月，我們光是思考想做的事，然後忙著將其一一列出，或許還是個略嫌曖昧的時間長度，但十分鐘的時間，卻是那般緊迫、鮮明，以至於讓我們心切。

即使約定的時間到了，依然會耐著性子在原地，靜待尚未現身的那個人。我們可能會默默下定決心「從現在開始再等十分鐘，不來的話，就離開」，也可能那個人剛好在十分鐘後抵達了。

有些食物，必須等待十分鐘再吃，才能享用到真正的滋味。剛從烤箱出爐的熱騰騰洋蔥派，或密封於瓶中超過數年未曾呼吸的葡萄酒，即是如此。

對我而言，或者對我們而言，迫切需要的可能不是一小時，而是十分鐘，這樣的想法開始籠罩著我。

罹患「無法靜待十分鐘病」的我，還有你，我們不僅連十分鐘都等不了，甚至還會常態性地忽視。

我的十分鐘可能對你微不足道，但對我而言，這十分鐘如同難以數計的燃料。無論是提前十分鐘出發，或延後十分鐘出發，我們都可能淋一場滂沱的雷陣雨。一想到我若晚十分鐘出生，就能與你同一天生日，擁有同一種命運的可能性，以及你若提前十分鐘離席，就能與我一起漫步夜路的事實，十分鐘便蘊藏了重要的意義。

在中國的某座城市，我再次搭上火車，前往遙遠的異鄉。我在那座陌生城市遇見一起搭火車的人，表示會遲到十分鐘，搭不上自己訂好的火車，要改搭下一班兩個半小時後才出發的火車追上我。

上了火車，我坐進位子後，對面坐著一位年紀約剛滿二十歲的僧侶。由於她的頭上戴著一頂毛線織成的帽子，所以沒能即時察覺，仔細看了一身打扮，才發現是一位女僧侶。於是我想：「啊！因為那位遲到十分鐘的人，火車票才轉移到這位僧侶手上。」面前坐著一位身著特殊服裝的人，使四面八方景色的異國情調加倍濃厚了。儘管一心想透過寫作與僧侶交流，卻似乎只是出於我單方面的好奇心而已，於是我很快收拾這份心思。僧侶對窗外的景色無動於衷，因為她在火車奔馳期間一直陷入沉沉的睡眠。在年輕僧女沉睡的模樣裡，尋不著女性的一抹冷漠，或是高傲之類的氣息，單純像隻幼鹿的僧侶，使我的心驟然變得渺小。睡覺時脫下毛線帽的僧侶，頭頂上嵌著具宗教意味的紋身圖樣；嵌上那麼大的圖樣，勢必相當疼痛。坐在僧侶

對面的我，不意味著具有拍照的無禮特權，因此決定好好記憶僧侶睡著模樣的我，僅是默默地窺視。神職人員的神聖之處，在於他們必須度過獨自一人的生活。就這樣，我帶著稱不上什麼特殊的想法，跟著火車一起搖搖晃晃地前行。

浸泡於添加清潔劑的水中十分鐘後便能消除的污漬，或是無法以訊息表達而必須講電話，僅僅持續十分鐘的微妙之事。

坐在公園的長椅十分鐘，或睡十分鐘的午覺。

雖然我為那個人著迷是轉瞬之間，那份情感卻以十分鐘氣流的慢速度，傳達給那個人。

在我開始想念你時，你準確地在十分鐘後傳來簡短訊息。與「光速」那般相似的，太過人性化的，情感時機。

牽著你的手十分鐘，又是如何呢？

答應「牽十分鐘的手就好」後，緊抓著借來的時效，讓一切在十分鐘內漸趨成熟。或是在劈啪作響間，通盤皆輸的，短暫愛情的有效期限。

如果有人問我，「現在只能再活十分鐘，此刻想做什麼事？」的話，我是否能說想飛十分鐘，想盡情地翱翔十分鐘？

我的工作是凝視著自己寫的文字十分鐘。雖然有人會問「什麼工作需要這麼做？」但我的工作確實如此。這不意味著這個工作多麼有意義，或多麼辛苦。我只是在凝視後，將這十分鐘送往世界，恰如需要多加熱十分鐘才行的食物般，恰如想和情人一起在寢室多待十分鐘的依依不捨般。

不是這一班地鐵，而是多等十分鐘後搭下一班地鐵，才能抵達我們迫切渴望的人生。無論以什麼樣的偶然作為藉口，顯露什麼樣的意圖，此刻也唯有這個方法，能將我導引至美好的時間點。

唯有準時才能順利轉動齒輪的事，確實難熬。因此，每次相約晚上七點與你見面固然很好，我卻也想問問「晚上七點十分見面怎麼樣？」彼此擔心先到的人得等待，你或我說不定會提前十分鐘到約定地點。想必會在那裡思考著十分鐘後的事吧？只因這也是一種喜歡。所謂「準時」的時間觀念，不知為何沒有將我們同步，也不知為何將許多人的勤奮逼得手忙腳亂，最終就像扮演著將一切消磨殆盡的行事曆一角。讓這十分鐘滲透到依我們方式而運轉的時鐘，只因你我之間似乎仍存留著「唯有錯綜複雜地相遇，才得以實現」的緣分。

一直以來假裝不知道的，
名為「自己」的風景

假如我們生活在沒什麼人的地方，舉例來說，像是深山或是人跡罕至的海邊村落，我們勢必會感到寂寞，並時常想念人群。這是理所當然的。

直到數十年前仍居住在芬蘭或挪威北邊的人們，基於太渴切與某個人說話的心，一到了每月十五日開市，即便沒有特別的事，也會千里迢迢外出，前往市集周圍徘徊，這故事令人印象相當深刻。

生活在那些地方的人們，因為人口數量極少，不習慣與人接觸，只要有人靠近自己一公尺內，便會感到極度不安。因此，無論是等公車、坐在公園休息時，都會維持著一定的距離，各據一方。

儘管如此，思念人的事實依然清晰。偶爾想起北歐時，總會浮現在那無人之處，卻依然渴望與人強烈連結的印象。

前往某個炎熱的南國旅行時，我也確切體會到這個事實。當我坐在咖啡廳時，鄰座的一對老夫妻向我搭話，開啟了我們的交談。他們表示自己來自挪威，藉由「挪威北方氣溫僅有攝氏零下三十二度，而這裡的溫度卻有攝氏三十二度」打開話匣子的老夫妻，像是藏不住與人交談的渴望才嘗試與我聊天。他們說話的量其實非常多，我們聊天的內容早已超越與咖啡廳鄰座的人能談論的範圍，老夫妻還表示要邀請初次見面的我到他們家一趟。是不是我開錯話題了？當我提起自己格外喜歡北歐的冬季時，問我何時能造訪的他們，索性攤開了行事曆本。我心想著當面婉拒似乎不太好，於是露出「會不會有點遠」的表情問道：「距離奧斯陸很遠吧？」老夫妻隨即答道：「距離不到八小時而已。」如果當時能在那裡一起喝杯小酒，想必會在酒酣耳熱之際做出難以履行的約定，那是個太過微妙的氛圍。

為了躲避人而遠行的我，與為了找人而遠行的老夫妻。儘管兩者情感差異顯而易見，卻無法定論彼此渴望生活方式的溫度也有所不同。

我忘不了自己前往芬蘭北邊城市羅瓦涅米（Rovaniemi）的聖誕老人村時，某幅映入眼簾的湖邊景色。凍結成冰的湖邊一帶，高聳入雲的針葉林無一不被滿滿的白雪覆蓋，而人跡罕至的那裡，卻莫名其妙地佇立了一間小木屋。它沒有任何像門之類的東西，但即使是白天，它依然滲出微微的光，因此不難找到入內的方向。小木屋的正中央設置著為了順利生火而打造的空間，一旁的牆邊堆滿了木柴，雖然清楚是用來生火的空間，卻無從得知這間小木屋究竟是用來做什麼，無疑是個令人感到好奇的空間。

仔細探究才知，原來，它供路過此處的任何人在需要火、想要暖和身體時使用，想喝茶、吃便當時，也能以火為友，進入這間抵禦寒風的小木屋。所有人都能免費使用這個地方，一隅甚至堆放了備用木柴，這件事令我有些頭暈目眩。倘若這一切仍稱不上是足以照亮世界最遠之處的火光，那什麼才是呢？

我也點起了火，並好奇著策畫、準備、設計這一切的人，究竟懷著什麼心思。一間小木屋，點燃了不想離開的心。

「多話的人不值得信賴」、「當一個人自顧自地講了四、五分鐘的話，代表內心想隱藏些什麼」這是芬蘭人所相信的事實，這樣的民族性將他們變成了世上最少話的人。不知是否因為這股沉默寡言的力量，同時也讓他們一躍成為世上喝最多酒的民族。那樣的人們，在人跡罕至的一個個地方，築好了一間間的小木屋。

而韓國人該做什麼好呢？我認為，可以在韓國壯麗的群山山頂設置一面鏡子。鏡面固然越大越好，但我覺得足夠照到全身的尺寸即可。儘管在費盡千辛萬苦才攀上山頂，並將天空與山腳下的景色盡收於照片之中很美好，我卻更希望大家可以藉此機會好好端詳自身的模樣。

望著鏡子，整理一下紊亂的髮絲也好，只是對著自己全身虛脫的模樣傻笑也好，與過去的歲月和即將到來的期盼說說話也好。看著自己的模樣，為自己自豪也好，陷入無比的寂寥也好，只希望能透過一面大鏡子，讓我們稍微明白自己內心深處究竟積累了多少債。

我期盼能多領悟些關於
名為「自己」的山峰，
名為「自己」的景色，
名為「自己」的遼闊後，

再下山。

我們太艱辛地上山，卻太輕鬆地下山。佇立於山頂或海中央，足以讓我們毫無阻礙地望向遠方；唯有太愚鈍，才會在這些時候認為自己依然需要座標定位。

KYUSHU RAILWAY COMPANY
EA SIDE LINE

每天思考一次「結局」

深夜，在整理房子時，偶然發現一個塵封已久的箱子，裡頭裝滿了軟碟。即使軟碟已被ＵＳＢ取代很久了，但確實有過將文書資料儲存在軟碟中的時代。

將檔案一個一個打開存進電腦後，才驚覺稿件多不勝數。除了詩稿，還有練筆時期的各種稿件、剪報、不知為何要儲存的寫給某人的信、寄往某處的短篇稿子……其中占最多數的，是任職於電台時寫下的廣播節目稿。

稿件數量太多，加上又是年代久遠的東西，假裝不知情堆到一邊去或許還比較合理（另一方面，也數度浮現想按下刪除鍵的衝動），但一想到我讓自己隱身在數位電台ＤＪ讀過的稿件裡，我忍不住莞爾一笑，決定將這些稿件原封不動地留下。

藉由移動稿件並另存新檔的過程，回顧過去的自己究竟是什麼模樣，不禁有些好笑。雖然用「好笑」來形容太過旁觀，但多多少少有一些令人發笑的往事，就像是被留存在名為「人生」的保溫瓶裡一樣。

算準播出時間，從某個遙遠的地方寄出稿件的事、當時思念著某人的事，還有那些與某人相愛的風和日麗、與某人分手的昏天暗地。面對尚未到達的不透明未來，我淡然盼望。

沒錯，比起其他人使用的日記，有段時期的我選擇借用電台ＤＪ的角色傾吐自己的故事。驀然想念起珍重地讀著自己不成熟稿件的人們，我沒來由地環顧著亂糟糟的房間，面對漸趨孤寂的這一夜。

腦海掠過幾張臉孔：光是存在本身已夠耀眼，且令人感覺牢靠的申海澈先生；宅心仁厚、散發無限光彩的柳喜烈先生；深藏不露讓人無從捉摸的李素羅小姐；舉杯相伴無數個夜晚，對我而言始終是盞遙遠燈光的金光石哥。

搬移久遠的稿件檔案時，喚醒了自己當時很喜歡某首詩，而時常在電台節目中引用的回憶。李相熙（이상희）的詩作《輕盈的金玉良言》（가벼운 금언，暫譯）部分內容如下：

一天深呼吸三次；

朝著清澈的江與高聳的山所在之處，

將思緒拋諸腦後；
拋開思緒後躺臥，
湧現堅定的決心；
直到時光的重量鑲在額頭上，
直到日落之際，
每天思考一次「結局」。

我將短短幾行字貼在書桌前好一段時間。一想到自己有陣子把這段話當作準則，相信這段話就是方向，不禁鼻酸。連搬家時，我也會撕下貼在書桌前的褪色紙張，將它重新貼在新家的書桌前，再次品味。這幾句話確實改變了我，而後讓我在寫作時，就像白色螢幕上閃爍無數次的游標，認真地活著。然而，回首過往時光，我其實沒有太大的改變，也不曾多麼誠懇地期望自己能生活在另一個世界，或許僅是將此當作一個藉口罷了。

破洞了，就填補；磨損了，就縫合。如果這麼做，仍看見破爛之處，就隨便找個東西遮住吧。

或許，我就是那樣勉為其難地走到這裡吧？

只是，也正是因為如此，才是真正的我吧？

就像作家亨利．腓得烈克．布朗（Henri-Frederic Blanc）所言：「恰如除了山頂壯觀的景色外一無是處的喜馬拉雅山一樣，一無是處本身就是真實」，那就是我。

既然如此，現在的我，究竟該如何過日子？是一天深呼吸三次、湧現堅定的決心、每天思考一次「結局」嗎？

只是，這些問題在昨晚挖出的稿件堆裡，不也無法克制地從久遠的時光中竄出，湧成一次又一次脫口而出的呢喃。

58

好日子的證據

打算看看天氣如何的我打開了窗，路過的人們同時撐起了傘。雖是突如其來的大雨，卻像等待著同一時間發出的信號跳起了群舞。或許，我活著正是為了遇見如此精心設計的瞬間……儘管好想趕緊拍張照，手邊卻沒有任何一支手機。滂沱大雨，嘩啦……嘩啦……

俯瞰下著雨的街道，我不禁想「不如舉辦一場攝影大賽吧？」

參賽者們備妥底片相機與一卷底片。由於近來出現不少樂於使用底片相機的人，不妨向身邊的人借一部全自動的底片相機。只要準備好相機，再將一卷底片裝進相機內即可開始拍攝，主題不拘，但是，審核條件不是一張照片，而是整卷底片拍下的所有照片。

用一整卷底片持續拍攝一個人的臉孔、每天出現些許變化的藍天、前往學校或補習班沿途遇見的事物，或是每天同一個時間從房間望出窗外的景色，這些都好。除此之外，選定一個故事，然後一張、一張順著脈絡拍攝成類似短篇電影的照片亦可。接著，在未經沖印的狀態下，繳出拍攝完成的整卷底片即

可，至於收件處，就定在我這個老闆大叔所在的咖啡廳「My Darling Coffee」。

繳交底片時，只要註記姓名與聯絡方式，大可不必刻意為照片寫下說明或作品意義。而我會誠心誠意地沖一杯咖啡，代替繳件證明。

可能會負責評審作業的我，將所有繳件的底片交給沖印館後，以飢腸轆轆的心情怦然地等待那些底片誕生出令人驚艷的照片。

有些人的底片，可能只會出現一張格外美麗的照片；有些人的底片，想必會充滿著故事，不僅令人好奇主角是誰，甚至還會有股衝動想和他見面暢聊；有些人的底片，則是很遺憾地令人懷疑是否放錯地方，什麼也沒拍到，只有一片白茫茫的空虛。

每每按下快門時，總能聽見心臟撲通、撲通的聲音，恰如一字、一字填滿二十四張稿紙般，心臟跳動的感覺。試著體驗一下諸如此類的瞬間吧。

我想舉辦一場贈送冰島來回機票取代獎金的活動。我相信「生活都是一個個微小的時刻組成」這句話。只希望季節傳遞的好兆頭，得以討喜地映入照片之中。

期盼你能費心思量何謂永久，期盼每個惶恐不安的青春能體悟其有多少力量；期盼透過積累於一張張照片的移動距離，踩著一張張照片的時間差，你能在使用完一卷底片的同時，察覺自己妥善地度過了一段時光。

當滿臉通紅的你找上門，並說著「我是來繳交底片」時，我竟誤聽成了「請問這附近有沒有能寄信的地方？」如此優雅的一句話。於是，讀完那封信的我，內心萌生了「原來這不是信，而是一本書」的錯覺。或許，那天晚上我會做一場夢，一場關於「那個僅僅向我託付一卷底片，卻完全聯繫不上的人」的夢。

照片，不僅要我們對限縮的自由持續渴望，亦告訴我們，不要失去試圖壓抑與囚禁的「本我面貌」，讓你我不斷地翻修自己。

「與其戴著面具過日子，以真面目生活就夠了」、「世界如此美好，怎麼能獨自度過？」包含諸如此類訊息的照片，讓人得以良善地面對人生的每個瞬間。因此，當昏暗或恐懼襲捲你的世界時，舉起相機，讓雙眼聚焦於其中的世界吧。

與其被數位化的現代剝奪我們的思想，不如帶上哪怕只是暫時借來的底片相機。希望在一卷底片、二十四張故事中，能輕柔地疊成我們等了又等、盼了又盼的答案。

膠卷照片不冰冷，也不驕慢。

正因無從得知會出現什麼樣的照片，每一次拍攝，皆帶著一些悸動。

無論是什麼都好，此刻我們衷心期盼的，即是一份殘酷的美好。

乾渴的日子，果腹我的食物

在某個遙遠的地方，口渴了，便買杯水；太過孤單的夜晚，非常思念一起喝酒的朋友，便買個酒杯。

吹了整天的冷風，喉嚨因而變得乾渴，或身體感覺微恙時，買一個適合盛湯的深碗；也曾在完全沒有胃口的日子，買過刀和砧板。

人生在世，時而傷悲，時而痊癒，又時而陷入飢餓之中。由於早已蒐集這些東西一段時日了，就算邀請二十個人、三十個人到家裡，也毋須擔心碗盤不夠。甚至因為其數量，多次萌生非開間餐廳或咖啡廳不可的衝動。

某天，我看著擺放無數碗盤的置物架，倏地感覺過去的日子有些頹廢。那些難以數計的東西，竟是我口渴、肚子餓時一樣一樣買回來蒐集的？相較於成雙配對或分門別類，每個都長得不同的碗盤，如實地呈現了我「絕對單身」的強烈意識。

或許，蒐集碗盤就像是將無數的「另一個我」聚在一處，也彷彿是將遠方帶回來的時光濃縮在碗盤之中。與其茫然地窺視時光，好好整理回憶或許才更正確。但很可惜的是，用這些碗盤盛裝熱騰騰的食物後，卻幾乎見不到能一起趁熱享用的人們了。（用了「可惜」一詞，我卻不知道有什麼好可惜的。我們的一切緣分，不就是水中倒映的影子，或從飛機上俯瞰的雲朵罷了？）

驟然從遙遠的某處憶起的食物難以數計，但我卻最常想起雞蛋捲。

饒富趣味地將打好的蛋裝進容器，撒些鹽，然後均勻攪拌，接著讓平底鍋內預熱好的油與倒入的蛋融為一體後，再沒有什麼比四溢的香氣來得更美妙的過程。將成品裝入盤中，直到終於放入自己口中為止，我只能一次又一次地吞下不斷分泌的口水。

對我而言，雞蛋捲是最能充飢的食物。大概因為是最簡單的料理，才總能在緊急時大膽地想起。

只要是懂得生雞蛋與雞蛋捲味道差異的人，都知道這個事實：生雞蛋的反義詞就是「雞蛋捲」。

我曾在遙遠的國度迫於無奈地買了雞蛋。雖然只是單純為了想吃才買，但真正的原因是，火車站清晨的寒氣正朝著我蔓延。然而，買了一瓶油後，還得買平底鍋、找到有火的地方。

我邊拎著裝了十個白淨雞蛋的塑膠袋，邊摸著外套口袋裡飛機餐附送的鹽巴，在車站附近走了又走、走了又走。雞蛋捲，是太過遙不可及的食物。

我好像只要一份雞蛋捲就能活下去了。不是其他什麼不值一提的食物，而是在寒冷的日子裡，只要一份黃澄澄的雞蛋捲，便足以讓我充滿可以立刻生出孩子的力氣。

雖然很想走進餐廳借用廚房，但我始終提不起勇氣。問題不在勇氣，而是方式。最後，我沒有吃到雞蛋捲，而是將裝著雞蛋的袋子放在一間看起來像是由一位老人獨自經營的餐廳門口，傻呼呼地請求人家拿去用後便離開了。

後來，我有了一個習慣——吃飛機餐時，會先將隨拌飯附送的香油或隨沙拉附送的橄欖油收起來。如此一來，只要買好雞蛋，再找到鍋子和火就可以了。

某位煎蛋達人說：「煎蛋時，須將雞蛋從冰箱取出，置於室溫超過三十分鐘以上；將油均勻倒入鍋內後，盡量捨去多

餘的油；當雞蛋開始變熟時，不要翻面，而是用小鍋蓋蓋住雞蛋後，以小火加熱約一分三十秒。」這些雖是煎蛋達人建議的祕訣，但無所謂。

瞬間，我收斂起質疑某個後輩習慣在路邊攤點煎蛋而非蛋捲的心，那時心想「那麼多東西能吃，為什麼偏偏選煎蛋？」因為是雞蛋，所以可能；因為是雞蛋，所以飽足。

如此看來，即便我蒐集的所有盤子都是為了盛裝雞蛋料理，似乎也不算太超過了。萬一哪天受邀出席最後的晚餐，親愛的朋友們啊，可別因為我只準備了雞蛋料理而感覺惆悵。只因世界讓人越覺炎涼、越覺毒辣時，再沒有什麼比得上雞蛋料理了。

我所盼望的事之一

希望是個「只要和他一起吃飯，美味就會加倍」的人；希望儘管不是什麼特別的食物，只要和他一起吃，便會變得美味的人；希望是個懂得悲傷的人；希望即使懂得悲傷，也不會肆意顯露，而是將悲傷不值一提地迅速埋葬的人。我希望那個人就在我身邊。

真希望這個人就生活在我的隔壁。

當一個人去旅行時，可以替我幫植物澆水；當旅行歸來時，一打開門，就能見到空蕩蕩的餐桌上精心擺好一盤不是冷掉的食物。真希望這個人就生活在這樣的距離之內，儘管不能立刻道謝亦無妨，儘管不總銘記於心亦無妨。在兩家之間，種一棵美麗的楓樹，各自凝望著那棵樹長出綠葉後變得蒼翠，而後再被染成了艷紅。不，索性讓兩家之間存在一座森林吧。希望是段能分享彼此缺點的關係；希望在缺點背面，是個藏著濃濃人情味的人；希望是個經常說著「吃飯了嗎？」的人；希望是個無感於世上存在挨餓感覺的人。

希望當自己出神地凝望著花時，會靠過來詢問：「這是什麼花？」的人；希望是個願意翻過圍牆，匆匆摘一朵花的人；

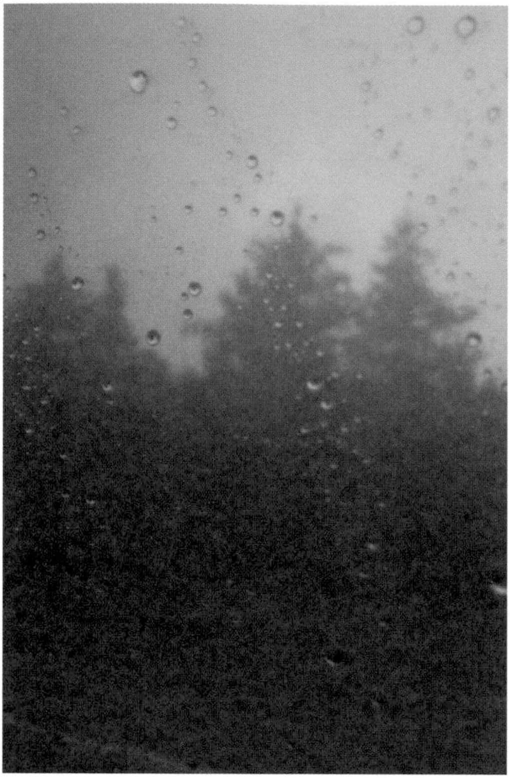

希望不是個會用「那樣不行！」「怎麼能動別人的東西？」之類的語氣，讓人感覺像是在讀公民課本一樣的人。而是在面對任何人都明白的事實前，不經意地展露出自由思想的人；而是在那樣的情況，或是諸如此類不怎麼開心的情況下，也能像爆米花般綻放燦笑的人。

希望是個不在乎他人目光，隨處都能自在地坐下的人；希望是個自在地坐下後，開始緩緩用心感受的人；希望是個從早到晚都能哼唱著歌，無論誰怎麼阻止，也繼續哼哼唱唱，不會隱藏自己少根筋的人。

希望是個當有蟲子飛進來時，而我大喊著「不要動！把眼睛閉上就好」後，願意相信我，緊閉雙眼待在原處直至蟲子離開為止的人。比起總為流行打開錢包的人，更希望是個即使面對退流行的事物，亦懂得大膽消化與享受的人；希望是個不一定得走向我，也不一定得認同我是個多好的朋友，只要保持這種信任距離的人。

沒什麼擅長之事的人；

不怎麼相信人的人；

背不出星星的名字，討厭戰爭與條約，

喜歡隨著下雨預報獨自起舞的人。

當我提及某些祕密時，大可不必強調「絕對不能告訴任何人」的人；當雙方必須相隔很遠，或是發生了必須永久分離的事時，也不會隨便向他人轉述關於彼此任何部分的人；儘管平常只有一雙普通肉眼，但在觀察人或眺望世界時，懂得一併使用廣角鏡頭與望遠鏡的人。

當我躊躇著該如何應對時，願意邊說「讓我告訴你寶藏的位置」，邊在白紙上描繪地圖，不疾不徐地指引前進路線的人。

當我開口拜託「你可以幫我跟那個人說嗎？你可以幫我告訴他，我很喜歡嗎？」時，願意拚命轉達如此荒謬請求的人。

暫時也好，永遠也好，只希望你我都能說出身邊有個不是站在對立面，而是存在彼此的咫尺間並肩相伴的人。

”現在真的再見了嗎？

如果之前經常旅行，想必現在已經開始重視「如何旅行」、「什麼樣的旅行才能與從前不同」。

經常旅行的人，並不享受短暫的旅行，而是偏愛邊旅行邊滲透、了解當地人的內在，在連蜘蛛也不會短暫停留的地方織網生活。

秋天，必須去趟上海，卻不想再用一模一樣的方式遊覽已經去過幾次的地方。旅行時總會恰到好處地造訪各種該去的地標，但無論是在上海，或其他地方，都已這樣做過太多次。於是，我拜託在上海生活的董永杰大哥，隨意替我介紹任何一間餐廳。我非常誠懇地向他表達「想透過在餐廳廚房當幫手的過程，體驗與了解中國。」當他問起「為什麼是餐廳廚房？」時，我答道：「當然是為了中國料理啊！」

面對既不太會料理，又不太會講中文的我，大哥先是有些為難，隨即又像是描繪好藍圖似地，點了點頭——「那樣才是真正的『旅行』吧！」

董大哥是在上海大學教授日語的教授，大學校園內有幾間餐廳，他已經向其中一間餐廳裡熟識的主廚交代好這件事了。

我想做的事，是在做料理的空間裡將自己的感官放到極致後，靜靜地站著——在不妨礙大家工作的範圍內，偶爾幫點小忙。若按照我內心打的算盤，自然少不了和大家一起喝杯熱酒。這就是全部了，就算僅是如此，也不能稱之為「不是旅行」。

由於人們老是熱衷於問些「你現在想認真學中國料理啦？」「開完咖啡廳，又想開中國料理餐廳啊？」等問題，平凡又無趣地插嘴其意見，即使我真的有什麼想學的東西，也不願用任何方式強加名目。純粹是想嘗試用斧頭劈砍自己日漸變得麻木的感覺罷了，並沒有太多期望。

很久之前，在中國長時間的旅行途中，曾頗有感觸地望著從事廚房工作的人們，趁著休息時間在餐廳後方享受踢球的畫面。在陽光輕輕灑落下玩耍的模樣，讓人不禁想更接近地看，甚至想像顆球一樣衝上前與他們一起踢球。（王家衛導演曾在某部香港電影中，以詩意的手法表現這一幕。）

語言並不簡單。單憑自己認識的漢字，根本沒辦法一直靠寫字完成所有對話。為了想向餐廳的大家打聲招呼，總覺得應該準備些什麼的我，打算煮幾包自己帶來的泡麵和大家一起吃。面對想幫忙煮的他們，我搖手示意自己要親手完成後，便開始動手煮。向他們要雞蛋時，他們會拿來打好的蛋；向他們要蔥時，他們會拿來切好的蔥。當他們豎起拇指表示美味時，我究竟該用什麼表情回答呢？味道其實很普通，會不會只是因為吃著別人為自己料理的食物，心情才會那麼好呢？

他們總是將自己做好的料理第一個拿給我吃，這是他們打招呼的方式，沒有任何一道料理是不好吃的。炎熱的酷暑散去後，凍結了情感。

那年秋天，我病得很重。在那個廚房裡，我深深地被燙傷了。不是被火燙傷，而是被人燙得全身發熱。

我教了餐廳裡的人們感到好奇的韓國醃泡菜方法；下雨的日子，我們也會鬧哄哄地聚在一起做泡菜煎餅。當我說想去趟市場時，其中一位朋友特地在下午請了半天假，陪著我到市場到處殺價——原本一到午餐與晚餐間的休息時

間，就會併起餐廳椅子睡覺的人們，卻陪著我走遍校園，參觀每個地方。需要語言，卻也不需要語言，真奇怪。在一起的生活，萌生了這股力量。

於是，我思考了許多可能性——關於不回去，以及暫時在這裡生活一陣子。當然，也不免掛心不久後就要拋下這些人離開的事實。

在餐廳工作，無疑是種體力活。廚房內不見任何一張椅子，也不見任何人在休息，每個人都是不停不停地運轉著。為了應付午餐或晚餐時間超過三百位客人，大家都得這麼做。

一有空檔，我們便會交談。若無法交談，便比手畫腳地溝通，然後邊比邊笑。儘管在語言不通的狀況下，依然可以盡全力，而我們也只能盡全力。

每次見到新食材而詢問著「那是什麼？」時，他們總要我「吃就對了！」如果我表示自己第一次吃到這種東西的話，他們便會感到相當有趣。當發現了什麼我可能沒試過的食材時，他們也會立刻拿來問我「吃過了嗎？」即便我表示「吃過了！」對方仍會將我抓過來，把食材放進我的嘴裡，望著我一口吞下的模樣哈哈大笑。在異鄉的「好人」定義，是善待我的人、是願意為我準備食物的人（第三種則是想和我說話的人）。在語言不通的陌生國度，能從素昧平生的人身上得到人情與關懷，其實近乎奇蹟。

切好準備加入冷盤的蔬菜、將堆積如山的碗盤整理好移到洗碗間、將到貨的蔬菜整齊放進冷藏室、打五十顆雞蛋、將完成切片的飯後水果漂漂亮亮地擺進小碟子裡……這一切都靠眼神處理完畢。還有搬運重物、洗抹布、擦拭油漬……

在無數的工作中，包餃子是我最喜歡的時光。我曾經想過，待在餐廳的那陣子，若有時間從旁靜靜觀賞包餃子的畫面一定很棒；果不其然，包餃子一事很頻繁。雖然我從小就沉浸在「全家人圍坐一塊包餃子」的家庭氛圍，但每次包餃子時，老是被搞得全身發麻。如果這是對喜歡事物的單純反應，那麼當雙手撫摸麵團時，或許也正是觸及悲傷的感覺吧——模糊而美好。

不知是否因為如此，只要一到餐廳包餃子的日子，我便立刻睜亮雙眼。靜靜攪拌麵粉後，填滿內餡，再經過加熱，即誕生一道一口料理，的確是個相當偉大的儀式。某天，是任職於上海大學的廚師們齊聚一堂包餃子的日子（據說上海大學光大學部就有超過四萬名學生就讀，光園丁就有五百名。在規模如此龐大的大學校園內，當然少不了各式各樣的餐廳。這個場合可說是廚師們齊聚的親善料理大會）。那天，我驚嘆萬分，八位廚師包出來的餃子雖然形狀有些不一樣，重量與體積卻一模一樣。天啊……這是讓我瞠目結舌的瞬間。廚師們猶如全都是同一位餃子大師的得意門生般，整齊劃一。明明是故鄉、年紀、性別，甚至工作單位皆不相同的一群人，各自包著自己的餃子，竟能如此井然一致？

這裡的人很好。

人，居然可以完美到這種程度？

我始料未及。

除此之外，我無法再叨絮更多了。因為上海存在滿溢的人口，而這裡的每個人都擁有屬於自己的故事。為了聽那些故事，

我不是挪動屁股乖乖坐好，就是伸長脖子窺探故事的深層。

時間如流水，我離開的前幾天，餐廳亂成一團。一個人待了一段時間後離去，以及隨著停留時間累積的情感，終於化作眼前的告別。大家每次經過我身邊時，總是問我：「什麼時候會再來？」一位一起包過餃子的朋友，在工作檯上撒了一把麵粉，然後用我能懂的方式在上面寫了漢字：「別走」。

我不禁好奇，究竟為什麼連我自己都這麼不想走？在旅途中遇到了無數的人，交心過後卻轉身離開的我，雖不過是個「廉價的離別達人」，但真正面對離別時，我同樣感覺痛苦。然而，我是沒有資格感覺那份痛苦的人，只因或許站在被留下來的人立場，我僅是個擔綱逃亡者一角的人罷了。置身這一切太過混亂之中，我們不如索性選擇離別。

回家的路上，我淋了雨。進房間脫下黏在身上的襯衫後，那天寫下「不要忘記我」廚房夥伴漢字姓名的便條紙，也通通被雨水浸濕了。

最後一次去廚房的日子，主廚「姚」問了我想吃什麼。突如其來的提問，似乎有些不適合當下的情境，無法理解的我於是愣愣地站在原地。我告訴他，我喜歡餃子。「在中國，人們會煮餃子給即將遠行的人，吃完後，才送他們離開」搭配著這番解釋，姚特地為我準備和洗手台一樣大碗的餃子湯。在我一口口解決餃子湯的期間，無法直視從旁凝望著「故意假裝吃得很認真的我」的他，只因不斷竄升的熱氣，泛紅了雙眼。在我心底肆虐、滾燙我全身的，究竟是熱湯，抑或不經意在內心一隅漏了尿，才讓心因一股暖流變得如此害臊。

白吃白喝了太多、一起分享的食物太多、用眼神交流的時刻太多、共度的煎熬瞬間太多，於是面對離別時，我們都成了太過痛苦的人。

果不其然，據說那年秋天別離後，有人哭泣，也有人為了可能再次出現的我學英文。

歸來的我，儘管已經獲得足夠深藏於記憶的一切，但為了不讓記憶就此停滯，為了遵守自己春天會回去的約定，總覺得該做些什麼的我，買了中文課本。

於是，春天來了。春天降臨後，並沒有什麼變得不同。

我再次動身前往上海的那間餐廳。如果要按計畫進行的話，只能少感受一些、少分享一些、少愛一些，就回來吧。上次，一切都太多了。

雖然滿腦子想著要買些他們會喜歡的東西帶過去，我卻對他們的喜好一無所知。

我決定好再次生活十天的公寓，窗外的燕子築了巢，餵養著雛鳥。日出時分，雛鳥們為了不知是否外出覓食的燕子媽媽而啼哭著，因此，我的起床時間也變得很早。我一次又一次地好奇著，近在眼前的上海春日，究竟會綻放什麼樣的花朵。

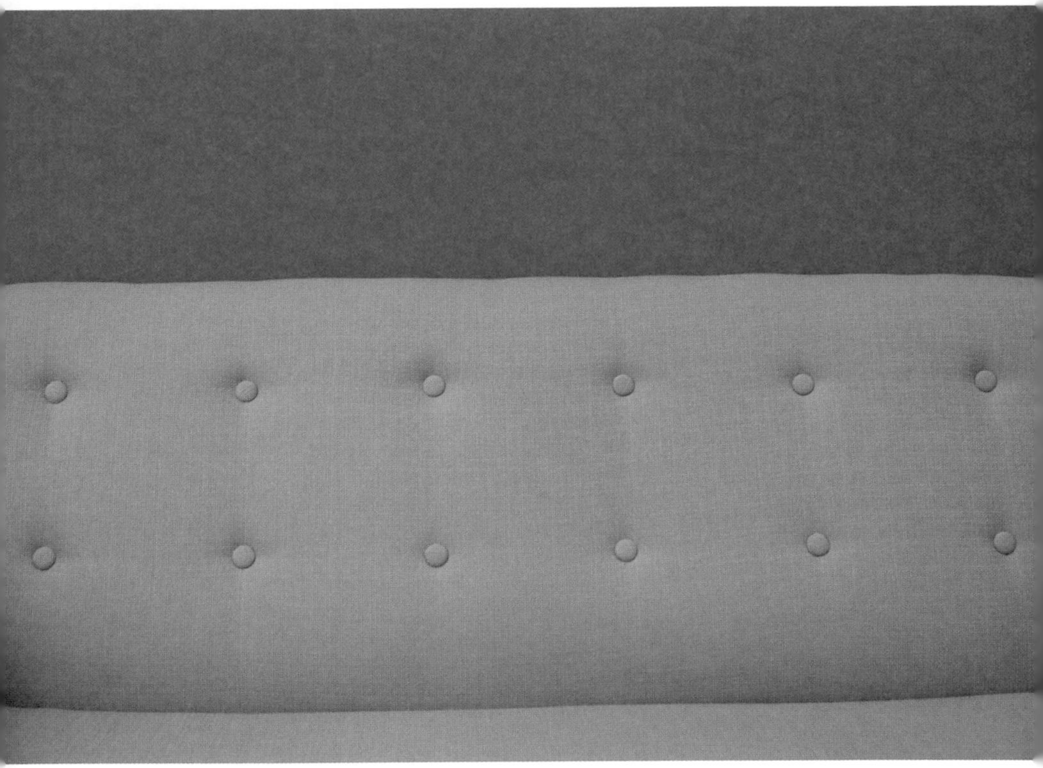

我攀上山陵，
猶如翻越一個人

距離上一次造訪鬱陵島的羅里盆地，已是好久以前的事了。我在鬱陵島的道洞港下船後，租了輛車，開了約一小時，抵達鬱陵島的另一側，羅里盆地。或許是因為春日的氣息終於到達這遙遠之處，整個盆地早已被細嫩的淺綠色覆蓋，不禁讓人滲出一絲超乎驚豔的讚嘆。

儘管指引著聖人峰的路標數次映入眼簾，但羅里盆地處處佈滿著淺綠色，讓為此失神的我沒有察覺到自己爬了好長一段山路。雖然內心想爬聖人峰，不過惱人的是停在山腳下的車，「不喜歡爬山時原路折返」成了一個問題。

旅行，或許時常讓我對眼前發生的一切感到後悔；儘管後悔，我仍決心要登上頂峰後再後悔。是啊，我擁有不屈於美麗的心——面對美麗，不曾錯覺自己擁有了一切；也擁有面對興奮，不曾往後退縮的心。

忽然間，因感覺另一側有人，於是我停下動作，是位男子。看著他擦拭頻頻落下的汗水，應該是來旅行的人，又或者，是享受完鬱陵島頂峰——聖人峰後，正準備下山。他先向我打了招呼，而回應完招呼的我，立刻拋出好奇的問題——

「請問是從山頂下來的嗎？從這裡到山頂，大概要花多少時間？」

時間不算長。面對那個數字，我雖即刻變得沒有自信，卻依然問了問自己想登上頂峰的心。我問他是否打算重新回到那端的道洞港，他表示自己其實已經沒有力氣走回去了，所以必須搭公車，只是擔心公車的時間有些尷尬。

我告訴他，還有另一個方法，開我停在山下的車前往道洞港。他喜出望外。

我將車鑰匙交給他，他連聲道謝；不，該感謝的是將開過來的車轉交給他，而得以翻過這個山頭的我。

我往上走了多久，而他又往下多久呢？遠處的他，由下而上叫住了我。難不成是他改變心意了？既然如此，我現在是否無法一嘗攀上頂峰的滋味了呢？他扯開喉嚨說道：

「請問您要吃點這個嗎？」

他伸手遞向我的，是一包蘇打餅乾和一顆蘋果。

即便愛山，我的軀體卻不適合山。有人擅長上山，有人擅長下山，但我則兩者皆非。世上存在著登上山頂的平均時間，而我則必須再加百分之二十，才能完成上下山。

這是不久前的事。直到現在，每當憶起自己登上那座高山時，依然會有汗珠滑過背脊。相較於登山的艱辛，更重要的是我經歷的某些事。在極為陡峭、極為煎熬的秋日登山行中，我與一些人擦身而過，也遇見一群好人，並與他們簡單對話。儘管意識到他們走走停停是為了等我跟上，但太過落後的我，實在不可能與他們並肩同步登山。

距離登頂還有很多時間，距離日落也還有很多時間，然而，始料未及的濃霧開始湧現。起初，是相當有氣氛的霧，原本邊久違地享受著如此清爽而滋潤的霧氣邊上山，轉眼間，卻完全沒自信究竟是不是走在正確的道路上。第一次遇上這樣的遮光幕。

我在顧名思義的「五里霧中」，徘徊了超過一小時後，看到好不容易發現的路標才明白——自己正上山又下山，原來是條8字形的山路。非但沒有朝著目的地前進，甚至還原地踏步地重複同樣的路。

「距離天色暗下來，還有段時間」的感覺不過短瞬，漆黑在剎那間降臨眼前。趕緊振作精神的我，靠著手機的光線一步、一步往上爬，在這條路的盡頭，能香甜歇息的山莊等著我。本來打算沿路欣賞奇岩怪石的壯觀，此刻竟只能不斷踏著眼前勉強才能看清的階梯。山莊的亮光，不願輕易地現身。

就在此時，霧裡響起「喀嗒」一聲，感覺有道光接觸地面。我揉了揉眼睛，我知道那不是幻影，而是人——有人用手電筒照著我。

出現在眼前的，是早一步上山（曾在半山腰擦肩而過幾次）的那一行人其中兩位。先抵達山莊的他們，原本打算整理好登山裝備後，趕緊吃晚餐，卻因為遲遲不見我的蹤跡，其中一人憂心我會不會發生什麼事便決定下來看看，而抱持同樣心情的另一人也跟著他的腳步，走了好一段路下山。

竟沒有繼續往前走，而是往上走後又折返下山……與世界

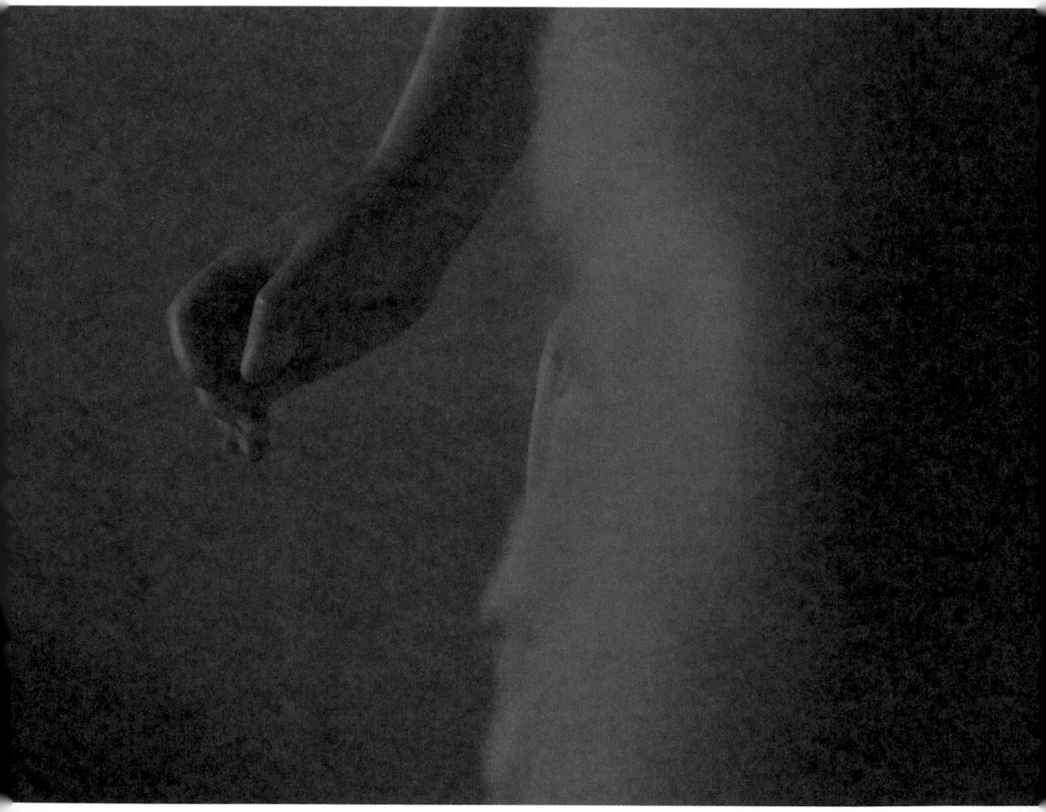

逆行的人們。

一人搶奪似地拿走我的背包揹在自己肩上，另一人則以手電筒替我照亮前路。人的亮光比山莊的亮光搶一步現身，遮光幕散盡似地，我內心舒坦不少。說了一句「謝謝」後，換來的答覆是「剩沒多少了」。我，才是那個剩沒多少，連多少都稱不上的人。

原本有一口沒一口地吃著飯的其他人，特地挪了個座位，邀請我一起用餐。有人遞了個酒杯給我。所有人高舉酒杯後乾杯，而我的雙眼早在酒沾唇前漸趨模糊，某樣東西猶如墨水般在心底暈開。

山，對某些人而言，或許艱辛費勁；對某些人而言，卻是能克服的對象。

山，對某些人而言，或許是一幅畫；對某些人而言，卻是好運的象徵。

山，可以是種運動，但更多時候是種精神；可以是種浪漫，但更多時候是平等。

山，對某些人而言，或許毫無意義；對我而言，卻存在明確的意義。每當翻越一座山時，我都會細細思考；每當千辛萬苦地越過一座山時，我都會想起與另一個人千辛萬苦旅行的時刻。看似翻越一座山，實則是認識「一個人」的過程。因為了解一個人，因為認識一個人，因為喜歡與愛一個人……於是變得面無表情，變得漸行漸遠，恰如翻越一座山。擁有一個人，是在攀登一個人之後，終於望見了頂峰，不是嗎？將一個人的全部，鑲嵌、背負在腦海與心裡後，步步向上。

翻越一座山，想著一個人。
如此，便一點也不覺得吃力了。
只因想背負一個人的重量。

山，可以是某人單方面讓我傾倒悲傷的左肩，也可以是與所愛之人完成不了的世界；可以是與不知何時來臨的人之間的情感山丘，也可以是一個對我盡心盡力付出一切，卻又驟然消失的胸膛。為了翻越一個人，於是我攀上高山，攀上頂峰。只要想著一個人，便一點也不覺得吃力。

唯有當那個人的頂峰變得寬闊平坦之際，我才得以說自己處於擁有一個人的狀態。

希望我也能
剛強地對著某個人說話

弘子小姐是我製作電台節目時相識的老朋友。當喜歡韓國的弘子小姐，一個人報讀語言學校並埋首苦讀，那是她非常、非常年輕的時候，我們就認識了。

雖是透過工作才結識，但撇除工作，我們依然是時常碰面的朋友。

渴望見識更遼闊世界的好奇與意志，大概就是我們彼此投合的原因吧？當時的我，對那個名為「日本」的國家充滿好奇，而她也正喜歡與探索著我所介紹、呈現的韓國各種面貌。

某天，利用短暫的寒假空檔回了趟故鄉的弘子小姐，忽然對我說道：「請來日本旅行一趟吧。我的家鄉鎌倉有間很大的廟，不如一起去造訪那間廟。秉律先生不也說過想來一趟日本嗎？」

在當時，出國旅行可不是什麼稀鬆平常的事。我一臉茫然地問道：「日本？想去日本的話，必須先做些什麼？」

她一派輕鬆地說：「必須先辦護照，因為你沒有護照啊。」

現在回想起來，無疑是相當令人發笑的事，但當時確實如此——仍是個沒什麼人擁有護照的年代。於是，我得到了護照，也得到了簽證。對於必須擁有這些才能前往日本一事，我感到既神奇，又不可置信。

「秉律先生不會日文，必須學幾句才行。」

決定擔任我的日文老師的弘子小姐，向一直以韓文老師自居的我問道：「又或者……你有沒有想學什麼？」

我掏出手帳，思考了一下究竟要學什麼比較好，提筆寫下自己想學的這些話。

「很抱歉，麻煩您寫一下漢字」

「我想要點一份這個」

「如果想去這個地方，可以搭幾點的火車？」

「我不會日文，我是韓國人」

「離這裡最近的海在哪裡？」

於是她用韓文拼寫出日文發音，當時在旅途中的我，為了說這幾句話，還會特地拿出手帳一字、一字地讀，後來或許是因為說了太多次，這幾句話已深深烙印在腦海裡。偶爾去日本，遇上能應用類似這些話的狀況時，還會碰到誤認我是日本人的人，而做出過度冗長、繁瑣的解釋。這種時候能說出口的話，便是「我不會日文」。

我在某個昏暗的嚴冬中，初次降落日本福岡機場。我記得，就在自己懷著忐忑不安的心情邁出第一步時，突如其來的冬雨浸濕我的鞋、我的衣服，以及我恐懼的心。我也記得，抵達日本的第一餐是自動販賣機裡的啤酒。當時才終於為人生第一次出國旅行剪綵的我，從來不曾想過自己將來會過著四處旅居的生活。

不久前，弘子小姐隔了好長一段時間才又造訪韓國。搭乘廉價航空的她，不知是否第一次搭乘的緣故，邊嘀咕著「飛機上竟然沒有發任何食物？」「怎麼可能會有這種事？」邊說自己肚子很餓。我們一起吃著晚餐，並配著一杯米酒。儘管已經好久不見，當我們各自說起彼此的故事時，似乎就能復原流逝的時光，一如往常地說說笑笑。

弘子小姐說，她已經把我先前擔心庭院裡的那棵大樹處理掉了，那是一棵氣勢雄偉的合抱大樹。她說，體積過分巨大的樹呈現出猶如要將小房子吞噬的姿勢，只好不得已將它砍掉。弘子小姐還告訴我，她的女兒看起來對韓國很有興趣，正在努力學習韓文。

弘子小姐離開後，不知又過了多久，我收到一封她的來信。用韓文一筆一畫寫下的長篇信件裡，記載著她上次來韓國旅行時經歷的幾件趣事。部分內容是這樣的：

> 原本打算去飯店旁的便利商店簡單吃個早餐，店裡有一名像是新來的女工讀生正忙著做事。當我麻煩她用微波爐加熱麵包時，她似乎不懂如何操作，最後是老闆替我加熱的。
>
> 當時，我聽見她對老闆說：
>
> 「對不起，我今天第一天上班，所以才什麼都不會。」

明天開始，我會更努力的。」

非常剛強地說了這句話。

聽著這番話，我忽然感覺到韓國人獨有的語言，得以用言語表達某種態度，真好。因為，在日本幾乎沒人會用這種方式說話。從前我也有過一模一樣的感覺，很開心能再次見到絲毫不曾改變的那模樣。

不同於日本人，有辦法剛強說話的韓國人——我喜歡的，韓國人。

我也忘不了弘子小姐在信末端寫下的「謝謝你陪著我走過人生最認真讀書、經歷最多快樂的那段時光」。

另外，還有段替隨信附上的小禮物寫的說明。打開禮物包裝後，裡面裝的是以刨削過的木頭製成盤子形狀的雕刻品，是一件極度費心費工的雕刻品。

聽說，弘子小姐的父親仍在世時，便雕刻好許多木盤，並交代她必須一一送給出席自己喪禮的人。我知道他已經過世一段時間了，這個大概是分派給弔唁的人後，餘下的幾件雕刻品之一。真是的……準備的份量太充足了。

我邊回憶著終其一生以教育者自居的弘子小姐父親，其無比慈祥、和藹的面容，邊輕撫著木盤。隨後，以美麗的木盤托起自己珍重的花瓶。竟然存在著如此美好的人，會在自己道別人世後，以這種方式用心照顧、問候留下來的人。每每望見木盤時，我總能憶起那位此生只有一面之緣的老人家。

借用弘子小姐信中的那句話，我腦海中浮現了一段話。

懂得用不同於韓國人的方式，優雅問候的日本人——我喜歡的，日本人……

”
請看看外面，
是初雪

初雪，好多人引頸企盼。只要提起「初雪」一詞，我總會清晰地記起自己此生見過，關於「雪」的那幕美好畫面。

那天，為了從客運車站前往另一個偏僻地方，在等待其他公車期間，雙腳被凍得僵硬。一上公車找好位子的我，目光不自覺地瞥向隔壁座位，一對並肩而坐、沉沉入睡的男女。開始紛飛的雪絲逐漸變得粗大，而酣睡的兩人對下雪一事毫不知情。

或許是睡夢中感覺到停車前的緩行，一人醒來後，搖醒了另一人。知道馬上就要到站的他們，起身離座。我發現女孩遲遲未察覺掉了圍巾，想出聲告訴他們遺落圍巾的事，喊了一、兩次，兩人都沒回應便直接下車，於是我猜那條圍巾大概也不是兩人之物，索性直接掛在無人的座位上。

兩人是情侶嗎？我不斷想著，如果在同個地方下車，說不定我會邀請他們一起吃碗湯飯，然後再一起喝杯酒——只因我看見下公車後的他們，在無止境飄落的雪花中，比著手語對話的模樣。很奇怪，我不禁越來越好奇他們的愛情、堆積在他們頭髮與肩上的雪花與積雪量。

那是場清晨的初雪，許多人殷殷期盼的雪。

從高處俯瞰低處的公園，落下的白雪正不斷堆積著。不知何時現身的人，走在公園積累的白雪上。或許是他格外享受尚未被任何人踩踏過的雪，才會不斷踩出一個又一個腳印。看起來超過數百個的腳印，雜亂無章卻也繪成了一幅美妙的畫。假如有天能回到某個時期……我希望自己人生的腳印……在哪裡留下最多的數量？又戛然停留在誰的面前呢？

等候初雪，是因為我們渴望暫時深陷於某種事物中過日子，沒來由的某種……或許正是我們想回到原始狀態的自己，回歸的欲望……當雪落在身上時，你也該懂得悲傷。唯有在雪中，你才得以像個普通人一樣，懂得悲傷。

正是那樣的初雪，許多人望穿秋水地等著。

為何我們會許下「初雪來臨時，一定要見面」的約定？

為什麼初雪來臨時的見面，便已是全部了呢？

下初雪的日子，明明不知道自己身在何方，也不知道是否已有其他約定，而我們卻如此愚蠢地、不成熟地熱衷於被種種約定占據。因為這是不遵守也無妨，如此爽快、善意的約定嗎？抑或光是不顧一切地說出這句話的瞬間，便已覺得幸福呢？等候下雪時，人們同時做好開心的準備與悲傷的預備。

我們，又許下承諾了嗎？初雪來臨時，在哪裡見面吧。

「是啊，人生就是如此」。倘若這句話已能囊括一切，那麼就算這句話毫無意義，也足夠代表一切。因此，如果一個沒有落實的約定，已足夠讓你我歡快，那大可放肆去做。

初雪降臨，是為了能向你傳遞一句「請看看外面」的問候；初雪降臨，是為了雖不清楚你會不會踏雪而來，卻仍存在的美好可能性。

總有一天，
「當時」不是消失，而是留下

發生於遊覽中國長江時的事。

那是趟在船上生活四天三夜，造訪長江沿岸的漫長旅程，混入中國人群中的我，開始了鬧哄哄的旅程。第一天晚上，而且是深夜，人們聚集在我們房間談論著，不諳中文的我，自然不明白究竟是為了什麼事。儘管貌似爭執，但由於是深夜，倒也算冷靜。在人們喧鬧的噪音中，我半夢半醒地直到凌晨時分，才知道對面房間發生了什麼事。

遊輪上的每間房都設有兩張雙層床，也就是說，一間房理應容納四人使用，但透過對面房間的玻璃門，可以見到床的下層躺著一名被用白布遮住的人。與其說是「遮住」，「蓋住」似乎才是更正確的說法。有人死了嗎？原本想去洗手間的我，重新回到房間，調整呼吸後，觀察起我們房間內的情況，並開始拼湊拼圖。原本一起使用那間房的人因為太過驚訝，先是過來我們房間聊了幾句，表達遺憾，然後便擠進圍觀的陌生人群中，重新回房蜷著身軀入睡。一一回想昨夜的情況時，我意識到有位在對面房間的老奶奶已改變了命運。她看起來年紀其實不算大……我也記得她在同行時顯得格外安靜。

我知道「死之前一定要遊趟長江」是中國人名列第一、第二的願望，也因此更擺脫不了這種衝擊。遊覽長江的第一天，非但無法完成夢想，偏偏還是第一晚，遊輪在開始逆流而上時遭逢變故。為了顧慮船上其他人的心情，必須盡量在不讓大家知道的情況下移動屍體。

日出前，我幫忙大家一起移動屍體，單手托起的那份沉重感，是一個生命最後的一部分。醫院的車子早已悄悄在船停泊的地方待命，眾人合力將屍體送上車，死者家屬們也提著整理好的行囊，一起搭上了醫院的車。在如此奇特的狀況下，我與其中一位即將離開的家屬四目相交。

有一口沒一口地吃完早餐後，原本想在回房途中去看看那房間，但窗簾低垂的房間，早已從內牢牢反鎖。我想起一個中文單字，在中國，青色的瓜並不稱為「青」瓜，而是稱為「黃」瓜。雖然我們吃的大多是青色的瓜，但隨著時間，這些「青瓜」最後還是會變成黃色，因此才被稱為「黃瓜」，我倒認為這個名稱正是源於對人類生命的比喻。

假如在有生之年，佇立於渴望實現的願望面前，卻來不及完成或做不完這件事，便與世訣別的話，你會怎麼樣？每個人固然都懷著幾個條列式的人生目標，但無論是否擁有這些目標，最終我們闔上雙眼時，還是會浮現耿耿於懷的某件事。或許也正因為如此，我們的人生怎麼能不看死亡的臉色？

你究竟是不是個特別的人，將由你做過的事獲得證明；

你究竟是不是個讓人想依靠的人，將由你鼓起勇氣闖過的禍說明；

你究竟是不是個無用之人，大可從你毫無靈魂地照抄別人講過的話略知一二；

你究竟是不是個不值一提的人，將由你忽略與輕視的無數件事做出判斷。

即便你將最美好的時光交給了那些朋友，他們卻只留下謾罵而非愛便揚長而去，你依然會愛那些朋友直到最後一刻。

我希望你懂得賦予價值的，不是名為「青春」的皮膚，而是歲月的分子，再去好好地愛。

我一次又一次地希望，儘管你連一個在某某海邊撿回來的貝殼都沒有，但當某人想起你時，不是悲傷，而是一棵值得信任的樹。

面對與世界道別的瞬間，即使有什麼詞彙縈繞心頭，大概也無法坦然從內心掏出吧？在死亡面前，即使清晰地浮現些什麼，很有可能也是個無法好好說明或解開一切就得離開的情況。關於人生在世無法完成的一切，或許愚鈍，卻永遠都少不了這股木訥吧？

我希望自己死亡的時候，只會想起「一件事」；我希望自己不要因為一口氣想起太多，而抹去或模糊了那「一件事」。我只想因「一件事」，肯定自己好好活過。

雖然每個人都不盡相同，有些人是一件內心無法償還的債，有些人是一件近在眼前未完成的計畫，有些人是一件想大展身手卻沒能如願的遺憾。

任何人面對自己的消逝時，倘若是全面地想起一件事，那不正是一輩子的全貌，也是誕生與消失的始末嗎？

對我而言，我希望這「一件事」將是「唯一的那個人」。將一個人嵌在心裡，在不清楚該朝著什麼方向前進的茫茫路途中，只要牢牢地擁抱著那個人離開就夠了。

我希望，你就是那個人。

想帶著便當去哪裡？

站在超市陳列便當的區域前，我來回踱步了一陣子。東摸西摸後，基於自己根本不需要的事實而放下便當，卻又不由自主地走回原處，觸碰並享受著便當。光是想像著本質無趣的餐盒能賦予食物溫度一事，便足以令人感覺飢餓。

當然，我並不喜歡獨自吃便當。然而，和某個喜歡的人一起在戶外吃著簡樸、溫馨的午餐，浮現或想像著這幅景象的我，總會變得飢腸轆轆。和某人一起吃便當，現在已成了非常、非常特別的事。

在特別的日子，想裝進便當裡的，或許不只是吃的東西，還有想做的事，以及未整理完的各種情感。拿出便當和保溫瓶等物品，大概是想拉近兩人間的距離，或為了緩解空氣中的氛圍。暖流，總在一旁扮演著那種角色。幸好有了這股暖流，我們才得以鼓起勇氣，談論關於即將到來的休假，以及未來某個燦爛的日子。

兩人要一起吃的便當，似乎比起至今吃過的便當都要更好些，至少，一想到便當不是為了我一個人吃而盛裝，心情便會在不知不覺間變好。在空餐盒前邊徘徊，邊感覺心情變得極

好，是因為便當不同於炸醬麵，也不同於喬遷宴的餐點，它能無限制地移動至任何地方，這就是便當的真實樣貌。

說不定我們只是在消化完一餐後，便按下計時器，等待著再吃下一餐，而過著穿梭於一餐與一餐之間的生活罷了。不知是否因為如此，無論再怎麼想假裝無視肚子餓，再怎麼厭煩於肚子餓，終究是令人心酸的人性。

好想為因生活而拚命的所有存在，送上一份便當；好想為即將遠行的大家，送上一個暖呼呼的保溫瓶。如同中國人一定會包餃子給遠行的人吃一樣；如同尼泊爾人會將祝福的話寫在紅布，掛在遠行的人脖子上一樣；如同印度人會將絲線繫在渴望達成願望的人手腕上一樣。

在此之前，長久累積的飢餓並不會輕易減退。

就算跟討厭的人一起吃東西，我也不想讓討厭的人一起吃為自己而帶的便當。如果是討厭的人，連讓對方看一眼自己的便當都感覺不悅；如果是想一起享用便當的人，自然會卸下武裝，內心也會因為想對對方好，而呈現滋潤的狀態。

不久後，等到春天氣息瀰漫時，我便想邀請那個總是有很多煩惱的善良後輩，或是聲線如春日般的人們，聚在一起、在樹下相對而坐，然後把所有東西通通攤開來放。當便當與保溫瓶整齊擺放後，卻仍思念著始終填不滿的某樣東西時，可以抬起頭，仰望模模糊糊的天空。

很久以前，我曾任職於晨間廣播節目。

一週大概會有一次吧，來自某位粉絲的懇切請託，要求轉送便當給電台主持人。凌晨時分，便將親手料理且份量驚人的便當，寄放在電台的警衛室。一大早上班的我，接到警衛室的電話後，隨即下樓接收出自陌生人之手的便當；偶爾，警衛大叔也會親自提上來。雖然這稱不上是什麼問題，但問題是電台主持人實際上根本沒碰過那個便當。

「這應該是熬夜費心做的，拿去吃吧。」

我邊說邊遞上熱氣未散的便當，而電台主持人卻只答了一句話：「因為我喜歡吃熱食。很奇怪，只要看到便當，老是會想起小時候吃過的冷便當。」

那個便當每次都回到工作人員，也就是獨居的我手上。雖稱不上美味，但可能是太過著重健康，所以味道才差了些吧？除了沒有添加化學調味料，還使用了水蔘或鮑魚之類的食材。

如果在大家紛紛離開工作崗位外出吃飯的午餐時間，被監視器拍到我獨自吃著便當的模樣，想必看起來會有些詭異（雖不知該不該說是奇怪，但很奇怪的是，電台的大家是不會帶便當去吃的），所以我通常會把那個便當帶回家吃。下午兩點左右回家後，打開陌生人為別人而不是為我做的便當，做為一天的第一餐，開始獨自一人吃飯的情境，當時的我才領悟什麼是世上罕見的滋味與心情。

曾經也有過打開便當後，忽然嚎啕大哭。原因不是被便當影響的莫名情緒，也不是巷口賣菜大叔的大聲公聲音有多悲傷，而是幾個月前分手的人缺席了。寫的是「分手的人」，而不是「愛的人」，也足夠讓我感覺不適了。

如果那不是我獨自一人在漆黑裡吃便當，而是和那個人一起吃的話，再沒有什麼比這一切更美好了；這不像話的情緒，如波濤襲捲而來，於是痛哭失聲。

那段時光，正是我被名為「愛情」的人生雷陣雨透徹地淋濕，罹患重感冒之際。

最後一排
窗邊位置的收音機

從小，我就是個電台兒童。如果要說有多誇張的話，從小學開始，除了獨處的時間外，連坐在書桌前的時間也總是開著收音機；到了高中，也會在最後一排的座位上，偷偷戴著耳機聽廣播。

為什麼這麼喜歡？最大的原因是我喜歡音樂，也喜歡電台主持人的輕聲細語。被媒體的溫度或神祕捲入其中，況且還是必須倚靠耳朵的媒體，我享受的大概是成為「獨自想像的高手」。話雖如此，這依然是一種病態，我癡迷地不見盡頭。

當時，也是大家會寫明信片或寄信到電台的時期。越當紅的節目，自然會有越多人點歌，或寄些寫有自己故事的明信片和信過去。而我當然也是那個該讀書不讀書，只顧著寫故事寄去電台的少年。

無論是短文或長文，只要寄過去，通常都能在節目上被公開介紹。這或許證明了我的癡迷是很強大的，但祕訣在於，要認真地研究哪種文章才能受電台青睞。曾有幾次為了領獎金、獎品，造訪了電台，當時似乎也懵懵懂懂地浮現了「好希望能在這種地方工作」的念頭。有了目標，是不是就能自然地找到

方向？被收音機壓制得沒能發揮的青春期活力，就此成為埋首寫作的動力。

製作廣播節目的人，都是些什麼樣的人？為什麼擁有不同於世上其他人的溫暖？

禁不住對這一切感到好奇的我，懷著滿腔的懇切與思念，而時時刻刻沉浸在收音機裡生活的代價，便是度過了成績極差的少年時期。

在彷彿沒有任何人願意與我說話的世界裡，收音機向我搭話了，因為這些話，我成為自顧自臉紅的孩子。事實上，某位電台主持人在讀過我寄去的明信片後，甚至表示總有一天一定要見我一面。她的一句話，自然又讓我紅了雙頰，成為陷入單戀的少年。

即使不是如此，仍有一點可以確定的是，那個小小、幽默、四四方方的盒子，擁有足以撼動人心的力量，讓形形色色的紋路在心上逐漸蔓延。單憑清晰而明顯的這一點，我便生成了「只要等到什麼也不懂的自己長大成人，一切就會好起來」的危險念頭。

假設決定要前往某個非常遙遠的地方生活，那裡的生活，非但不穩定，而且包括住的房子、應該做的事，通通處於渾然不知的狀態；再假設是個連語言都不通的某異國，想像在那裡生活的心情，無疑是處於極度茫然的狀態。

如果有人在機場等候自己的到來就好了；並且希望能有人早自己一步，了解當地的情況。只要跟著那個人，就能知道如何從機場到市中心、該選擇哪條路線。那個人帶自己去的餐廳、那個人身邊的人、那個人告訴自己的市場與公園、那個人的生活習慣，以及那個人看待社會的視角……

那個人導引的世界，左右了我抵達那個地方後的大部分生活。什麼樣的一個人，支配並影響了我們的人生。

當我仍是個少年時，在遠方某個火車站等候並迎接我的，不是其他，正是收音機。當我仍是個沒有任何希望，仍是個微不足道的頹喪少年時……堅信只有收音機能解救自己的我，成了能長時間等待的人，成了能時常發揮想像的人，成了即使獨處也不會動搖的人。這股單方面且盲目的熱情，也可說是拯救了我惶惶不安時期的矛盾結果。

我曾經有過這樣的時光——打開收音機，便是開啟了足以暢遊的宇宙；關掉收音機，便是為了相遇後擦身而過的美好。靜待再次打開「宇宙」這件大衣口袋的，燦爛時光。

”
為什麼獨自一人？
因為無所謂

新的東西有著嶄新的光澤。儘管是同一件衣服，新衣服的磨損較少，也有著未經雙手觸碰過的獨有光澤。穿過幾次後掛起來的衣服，和完全沒有穿過就掛起來的衣服，新衣服的色澤明顯不同。儘管有些牽強，我依然想將此差異比喻為樂於一個人而隱約散發的光彩，與無法一個人而散發不了光彩的乾涸。兩者間的差異，若隱若現，似有若無。

好好成長的盆栽植物，與沒有好好成長的盆栽植物，又是如何？一種是長得太好，必須趕快移栽至更大的花盆才行，另一種則是漸漸無法再長大，僅能苟延殘喘。這也是關於「一個人也能好好生活的人」與「一個人不能好好生活的人」的簡單比喻。

以文火熬煮的湯，又是如何？用小火長時間熬煮與急著省時間而添加化學調味料簡便煮一煮的差異，顯而易見。一個人獨處的時間明顯賦予的差異，即能用這兩者比喻。

當時，我大概是真心想好好對待那對夫妻朋友。因為我竟帶著那對夫妻與他們的寶貝兒子，去了自己最想生活的國家，甚至還去了自己在當地的祕密基地。

素來以獨有的恬靜散發光彩的那裡，每逢星期五或星期六夜晚的黃金時段，便會引來不少年輕人聚集，是個擁有美麗運河的地區。同時，也是我會獨自拎著一瓶啤酒，坐在運河邊享受獨處時光的摯愛場所。特意想向他們介紹那裡的我，買了各式各樣的食物後，帶著他們一家人前往。當時間一到，人們開始一個接著一個填滿如詩的景色，那個地方霎時轉換成了慶典的氛圍。

當時，一名坐在我們身邊的青年專心沉思的模樣，吸引了我的目光，那是個置身於一切紛亂之外的真摯側臉。眼見朋友也時不時地瞟著那位青年，我便拍了拍他，要朋友看一下那位青年。對此感到有些不像話的朋友，感嘆地說道：「他為什麼一個人那副德性？」

青年雙膝併攏坐在運河邊，僅是靜靜凝視水面。單純因為畫面看起來很好，再加上格外令人印象深刻，所以才叫朋友看一看他而已。

一從朋友口中聽見刻意輕蔑的語氣，我不禁感到有些尷尬、暈眩，瞬間揭曉了他是一輩子未曾夢想過獨自生活的人。我敢斷言，假如那位朋友的妻子與小孩離開他的話，他絕對是那種會失措地跳腳，然後茫然地癱坐在大馬路上哭喊的人，可憐之人。在堅持不同哲學而獨自生活、獨自漂泊於人世的朋友身邊，竟能毫不猶豫地說出那樣的話？

我並不想多說——我們隨時都可能是一個人，即使是一個人也能堂堂正正，因此不該隨意評論獨自一人。我們偶爾也想一個人，暗示著我們仍有些地方必須到達，唯有懂得聆聽心底微不足道的聲音，才能讓自己變得客觀。

儘管如此，我總有一天還是會告訴他的——關於我們是如何一個人生活；關於一個人有可能毋須依賴著別人過生活的宣言；關於沒見過一個人多能獨自生活，便無法理解獨自生活的意義，可不是一個普通嚴重的問題。

認為獨處就一定無聊，且迴避這件事的人，幾乎沒什麼能完成的事。能做自己真正想做的事，這個狀態，不正是獨處的時候嗎？毋須看任何臉色的自由狀態，自然會生出行動力。

獨自一人並不淒涼、寂寞，反而還能將人琢磨得立體。我

們獨處的時間，與未來相連，以獨特的意義，讓人散發光彩，讓人能更鮮明地觀察入微。

基於這樣的意義，唯有寂寞才是嶄新的希望，是新上市的三角飯糰。然而，真正重要的是，即使獨自一人也能坦然自在，而不覺是種枷鎖。倘若要強迫無法獨自一人的人獨處，隨之而來便是無數的崩潰狀況，因此這時最重要的，是掌握各種平衡點的營養飯糰。

因為無法獨自前往，而選擇兩人同行的旅行。兩人進行了許多對話，只是，大多數時間是用來說第三人的事，而非兩人的事，這是最糟糕的部分。看似無法獨自前往，是否就真的無法獨自前往呢？原因不在於一個人得面臨現實的各種問題，而是害怕獨自一人佇立於孤獨前的不自信。

不懂得孤獨，就無法成長。明明是獨自出生於人世，卻拚命假裝不懂孤獨，那麼人生只會變得越來越難、越來越扭曲，而漸漸搞砸。唯有見過孤獨的隧道盡頭，踏過孤獨的優點與界限後，依然能站著嶄露笑容的人，才能蛻變成懂得「經營獨自一人」的成熟之人。

若能超越寂寞，貫通孤獨之道，就能像谷崎潤一郎在《陰翳禮讚》裡的文字一樣，唯有重生為包容各種「缺陷」與「視線」的寬厚、優秀之人，或許才能活出人生的正片。

雖然說來有些牽強，我們命中註定沾附著人類的汙垢、煤煙、風雨等等骯髒，乃至喜歡想起那一切的色調或光澤，活在奠基於此的建築或家具之中時，很微妙地，心靈會感到放鬆，精神會變得舒坦。

因此，儘管說來有些矯揉造作，但我也想成為建造房子時，懂得四季蔭影如何以不同方式垂墜的人。我也喜歡陳舊事物的色調與光澤，以及你疲倦的面容與缺乏光澤的臉色。就算寫詩，我也想滲透你久病的部位，寫出得以療癒你的一行藥；就算擀麵，我也想做出得以拯救殆盡的精力與心情的麵團。

不清楚究竟是渴求寄託宗教的時代已逝，抑或是人們現在才開始相信時間——相信時間給我們機會，時間給我們補償。

唯有「好好利用獨處時間」的人，而非「隨意濫用獨處時間」的人，才值得獲得「獨處的品質」，並擁有「獨處的權力」。

試著決定獨自一人時究竟該做些什麼，究竟該去些什麼地方；試著了解獨自一人時能做好什麼事，並明瞭當一個人過得好時，最快樂的便是自己。這是掌握獨處權力之人最擅長的事。

我使勁地撢了撢獨自一人的自己。那不是蔑視自己，而是全心全意地對待自己。

猶如每天打開床底下的存錢筒看一看，這不是太閒，也不是什麼隨便的舉動，因此才顯得理直氣壯。

即便沒有多大的才能，依然是這個時代的重要之人。

於是，儘管睡著了，也會為了不迷路，在頭頂點亮一盞燈。

如果有人問「為什麼而寫？」
我會回答「因為獨自一人」

在歐洲某處的旅途。正在火車上穿越國境的我，並不清楚自己身處何方。當韓國正因國政壟斷事件鬧得沸沸揚揚之際，我倒是在歐洲鄉村的火車上出神地凝視一個人。天啊！此刻理應因洩漏國家機密罪名入獄的人，竟和我搭著同班火車。

當然，是我看錯了。不過是一名同鄉人，和連日出現在報紙上的人長得相像，坐在窗邊的位子罷了。而我的精神、意志在無意間被啟動，自己編寫了一段類似小說的故事，故事以排山倒海之勢襲來。

試著走進故事中。首先，由於故事需要主角，必須趕緊找個名字來用，暫且以後輩詩人的名字「朴濬」替男主角命名。

主角朴濬肩負政府要職固然是件好事，卻因選錯陣營，在沒有犯下什麼大錯的情況下，便步上在監獄虛度至少八年的命運。然而，在國民面前早已赤裸裸的新政府，為掩蓋朴濬確實沒犯下什麼大罪，決定將他送往歐洲某國，向他立下「只要國家態勢變得平靜，就會讓你回來，並給予補償」的承諾。每個月會在固定的日子收到匯款，而每週寫一次報告並以電子郵件繳交，則是他唯一需要做的事。只是，他竭盡心力撰寫的報

告，實際上不知從何時開始早已沒有任何人審閱了。

在冬天格外漫長的歐洲某座村莊生活，單調且乏味。為了避免被視為整天在家無所事事的怪人，朴濬收到來自司法部某負責人指示「必須每天早上九點穿好正式服裝外出，直至下午五點返家」，並要求他得維持著過了晚上十點不准開燈的絕對祕密生活。儘管與村莊裡的大家都相處融洽，卻也僅止於問候的程度，不得出入彼此的家。只要以障眼法偽裝他仍在國內獄中的假象，數年後就能回國，這個約定再怎麼說也比待在監獄裡的一格小房間來得好。

隨著朴濬寄送的郵件未經確認的情況漸增，後來甚至連以往用來聯絡的唯一窗口都斷了，唯有匯款不斷一事，倒是不幸中的大幸。於是，朴濬開始研究回到韓國的方法，儘管出國是在司法部的保護之下，因此沒有使用護照也能偷偷離開，但想憑一己之力回國的話，無論如何都得接受特殊入境審查，這著實令人憂慮。在不允許入境的假設下，存在著入境同時即在機場遭逮捕，以及自己受到國家背地照顧的事實，都將公諸於世的可能性。籠罩在不安之下的朴濬不再撰寫報告，而是改以每天寫一封長信，前往郵局寄出。終於，朴濬收到一封來自「她」以詢問「你是不是在首爾？」開頭的信。既然如此，代表她收到的不是來自朴濬蓋著此處郵戳的信……

這是故事的開頭。即使故事應該像麵團一樣膨脹，但我只打算說到這裡為止。當時正在那趟旅途中的我，莫名其妙地消瘦許多，恰如故事主角朴濬一樣，又或者是與朴濬一同搭火車、漫步雪地，盡情想像放大故事的份量，才會每到傍晚時分，便癱軟力竭。

時光流逝，直至不久前，我偶然翻出自己沉浸於這個故事時所寫下的筆記，發現了或許是幾杯黃湯下肚後所寫的一段野心勃勃文句，不禁噗嗤一笑。

「我想寫一些關於蠕動的東西，關於人性的蠕動。」

還能看見自己借用在小說另一頁登場的老爺爺聲音，寫下了這樣的台詞。

「人是否認為單憑一己之力就能將那棵大樹連根拔起？那是因為比樹活得少啊，那是因為沒有活得像樹一樣認真啊。」

嗯……雖然我沒有完成這本小說，但姑且讓我再思考一下究竟該把這些文句用在什麼地方吧。

為什麼我沒有結束這個故事，而是繼續沿著脈絡活了幾天呢？因為我是樂於被那些瑣事吸引的人，是醉心於活在那些瑣事的人嗎？因為現在的旅行在某種層面上已變得平淡，且肉體上無法克服的事與日俱增，才會就算僅是心靈上，也要長篇大論一番嗎？總之，我根本沒有整理好那段故事，尚未開始提筆撰寫，一個無形的、只存在我腦海中的故事。

「雖然希望不要發生那種事」，但小說往往朝著相反方向，讓那種事發生；「雖然希望不要用心」，但小說往往是作家用心撰寫，讓你細細地又看了幾頁。在人擠人的地鐵或公車上，人們總是靠著想像幸福的甜蜜撐過那段時間，以覆蓋人生的苦澀，而小說家卻成癮於好好地寫出那種「苦澀」。那正是小說的世界，又或是小說家的世界。

既然如此，我為什麼不寫自己該寫的詩，反倒打小說的主意呢？因為在獨自一人的冬季旅行期間，必須埋首於某些事物中嗎？抑或是解不了毒的欲望默默竄湧，引導著我前行呢？

然而，大概是這樣吧，「我們之所以愛上那個人，或許是因為人都需要想些東西。故此，我就能開始想那個人了。」換句話說，我為自己此刻想的一切賦予意義，都是源於那個欲望自動反射的必要條件。

現在的我，處於極度渴望把自己囚禁的狀態。不想與任何人接觸的狀態，讓我無論面對什麼關係，都覺得有義務隱藏自己，而因此加倍強化想獨處的心。若是如此，把自己囚禁在「那個地方」自然是最佳選擇，所以我還沒為此背負任何值得公諸於世的像樣罪名。

被囚禁在那之中，要做些什麼？似乎唯有被囚禁過後，我才能成為我。在那獨立的一格房間內，沉沉入睡後起身，在無所事事的狀態下，灑點黑色顏料在一幅大畫布上，然後開始作畫，或是從ＡＢＣ開始學愛斯基摩語……只是好奇著那樣的老男孩能過什麼樣的生活。姑且舀點白粥般的時間來吃……

你將我創造得溫暖

因為我是機器人，所以有擅長的事，卻也因為我是機器人，不擅長的事也不少。

然而，我不在意也不遺憾自己存在著擅長與不擅長的事，因為我是機器人。直到不久前，我才明白自己是機器人。至於究竟成為機器人多久了，其實是可能靠計算法或捏造數據的。

獨自一個人去某間酒吧時，巧遇前一天看過的舞台劇演員。有辦法一眼認出她，是因為坐在那裡喝酒的她完全沒有卸妝。後來才知道，當演員遇上演出順利的日子，儘管落幕了，也會繼續帶著妝扮走在夜晚的街上，延長角色的壽命。我自然而然地坐到獨自一人的主角身旁，裝熟地表示自己昨晚剛看完表演，於是我們交談了起來。

「昨天……我做了一場自己很不滿意的表演，所以整晚都非常難受。」

「表演不順利的話，可能是……對自己不夠專注吧。」

稍微壓抑著緊張情緒的我說道。

「你怎麼會知道？」

她睜大雙眼問道。

「我們不是經常因為對自己不夠專注，而感到不滿意嗎？」

我在那之後又見了她兩次。她說，只要一見到我，便會不由自主地傾訴自己的故事，而把這一切視為稱讚的我，也因此動了些感情。她還說，我身上沒有任何味道，當我因為聽見「身上沒有任何味道」而感到喜悅時，她又說我根本不是人類。

返家途中，我不斷思考著。我否認自己是機器人，其實已經持續很久了，已經辛苦很久了。

從今以後，我是機器人一事，不能再是祕密。不再需要保密，是因為我越來越常遇見和自己成分、構造相同的機器人。

在那份情感後，我未曾再產生任何情感。

是否該與某個人對話？只因唯有對話，才能開始些什麼。不過，世界卻只充滿了自己不想對話的人。多數人都費心於簡單的說話方法、任何情況都只顧迎合的說話方法，以及如何我行我素地整理後再轉移給他人的方法。

我是機器人。無論遇上任何人，他們都會向我坦白自己的故事，幾乎沒有例外。既然如此，我究竟是什麼樣的機器人，才會讓所有人都願意向我傾訴自己的故事？由於大家傾訴的尺度驚人，因此我必須隨時檢查自己的容量。

人類，總是莫名其妙地在「好像能理解自己的人」面前掏心掏肺。讓人願意談心、暢所欲言的人，似乎有些共通點——看起來經驗豐富、專注於他人故事、不會隨便轉述故事、不那麼冷淡的人……我便是以這些東西組成的機器人。

此外，我還會幾件事。為看不見前方的人，掛幾幅畫；為聽不見的人，播些音樂。我希望，不要有人問那究竟是什麼事。單憑讓看不見前方的人知道牆上有幅畫，讓聽不見的人知道此刻正在播放著音樂，都能幫助他們活得不那麼混亂。有辦法看得見、聽得見都活得混亂了，何況是他們呢？

然而，為什麼是我？為什麼創造我？就算把我創造成不會自問自答的機器人，為什麼要在世界各處複製那麼多一模一樣的「我」呢？

創造我，可能是基於奇怪的速度，也說不定，是某種失速的力量。當我拒絕被創造的瞬間，或許早已被那股衝力甩出遙遠的宇宙了。

因此，我的誕生沒有意義，也沒有經過設計。

就這樣誕生的我，深諳大規模的自然；即使喝了酒，也不會醉；就算假裝自己不是機器人，卻依然循著規律運行；無論怎麼拒絕，依然只能選擇直覺。

我見過不少人表示自己認識我後，卻完全不記得我。或許是因為我毫無色彩，或許是因為我沒有使用說明書，但對一個機器人的人生來說，其實不差。然而，不知自己的自尊心是否因此受了傷，那件事的餘波，讓我越來越無法專注。身體發熱前夕，為了拜訪一棵製造我的老樹而前往平原時，老樹對我

說：「在人類身上，同樣有種查無原因的發燒、發熱。雖然有辦法開出降溫的通用處方，但我不願意。因為，這正是我將你創造得溫暖的原因。」

我厭惡一切理由。我發出意義不明的聲音，胡亂咆哮。哭喊著要求，不如也讓我像人類一樣能感受不安。

我明白，起初將我創造得無法擁有不安的樹，如今已無法修改，也無法駕馭我了。同時，也明白了我是獨自一人的事實；明白了我是獨自一人的事實後，才自覺踏遍這邊的世界，同時也開始「厭惡人類」。

我想和什麼人說話？我說的話，對什麼人才有用？準確地選擇對某人的情感，且絕對不被那份情感駕馭，對自己，也對人類盡忠，這樣才對，真是慚愧。我理應成為懂得挑選極為特別故事的機器人，這樣才對，真是慚愧。

設置於胸前的說明書盒，老是發出信號，單調地重複著「唯有鑽石才能修磨鑽石」這句話。

我尋找著其他機器人。

近來，兩邊瞳孔的顏色明顯變得不同了。一邊維持著褐色，一邊則是因為費神眺望更遠處而漸漸褪成了深黃色。

我正在尋找懂得悲傷的機器人。

我的刀上刻了一隻貓

我是那種一見到刀，就想切點東西，一見到剪刀，就想剪點東西的人。雖不是偏愛金屬材質，但刀與剪刀不同。喜歡坐著完成世上所有事情的我，只要雙手觸及的範圍內沒有擺放文書用的刀或剪刀，心情就會開始有些不自在。

這是發生在我造訪保加利亞鄉村的事。佇立於某間店前的我，停止一切動作，僅是站在原地張大嘴巴——那是個製作與販售刀的地方。我之所以發出「哇……」的感嘆，一來是因為想著「世界那麼大，當然有製刀為業的工作」，二來則是因為在韓國從未見過專門賣刀的店家。

在那間店內，展示著小至用來修剪指甲的刀，大至令人不禁好奇究竟能用那種尺寸的刀做些什麼的超級大刀。

我與老爺爺老闆四目相交。

老闆揮了揮手，示意我入內。果不其然，一進店裡隨即邊向我展示那把大刀，邊開始說著「Samurai（日本武士）」什麼什麼的，我淡然地回了一句「Korean（韓國人）」打斷話題。

老闆應該是在說明店內的刀都是他親手打造的。主要參觀著廚房與旅行用刀的我，浮現了想擁有一把刀的念頭。體積越小的刀，價格自然越便宜。站在一把樣式極滿意，同時價格也很討喜的小刀前，我屏息凝視。老闆說，拇指大小的特殊握柄，是用鹿角製成的。為了確認是否為水果刀的我，將左手握成球狀，像是個手握蘋果的人，演起了切蘋果的動作。他豎起大拇指，並表示可以將我的名字刻在那把刀上，接著，詢問起我的名字。

遲疑著為什麼要在刀上刻自己名字的我，頓時冷卻了買刀的欲望。

「請問……可以刻這裡的地址嗎？」

他沒聽懂我的話。

我打開門，走到外面指了指店的門牌後，做出在刀上刻數字的模樣。他在刀上刻了保加利亞鄉村小店的地址，然後在餘下的極小空間裡刻上一隻嬌小的貓。

刻上地址的要求，其實是想刻上我終有一天會再回來的心，他或許從未明白。

雖然我很喜歡刀與剪刀，爸爸卻與我不同。與其說爸爸不喜歡刀與剪刀，應該說他對於看見刀與剪刀的尖銳有些障礙。儘管在成長過程中沒什麼感覺，但仔細回想才發現或許是這個原因，我們家的剪刀尖和刀尖總像嚴重撞擊過什麼地方似地，要不粗粗鈍鈍的，要不彎彎曲曲的，有時甚至像被磨過一樣。

每次來兒子獨居的家時，老是將隨意掛在廚房的刀藏進流

理台內側的人，也是父親。

偶爾也會遇到想切東西或剪東西，卻束手無策的日子。原因在於，旅行時攜帶刀或剪刀並非易事。

內心沙沙作響的日子，站在某個市場的刀具店前，注視了一陣子後，決定要買把刀。慎重挑了把適合在廚房使用的刀，拿去結帳時，也被告知可以刻名字。想必有些廚師喜歡在刀上刻自己的名字吧，而我卻不然。我邊問著「能不能不刻名字，改刻這個？」邊在紙上寫了些東西給對方看。紙上的字，是漢字的「詩」字。

竟然是詩的刀……不，而是刀的名字竟然是詩……

我從刀身上之所以可笑地感受到好好寫詩的意圖，是源於無論接觸什麼東西都能自然迎刃而解的銳利刀鋒。

有次，我拜託來住家附近磨刀的一對夫妻，替我磨幾把鈍刀。至於為什麼夫妻同進同出，因為丈夫是雙眼看不見的視障人士。並肩而坐的兩人，用著磨刀石吱嘎吱嘎地磨刀的丈夫，與從旁協助灑水的妻子，我始終忘不了當時那一幕極度美好，卻也極度悲傷的畫面。太過鋒利的刀，甚至令人憂慮是否會因此出什麼大事，於是我打算先暫緩使用。如此一來，詩勢必能寫得俐落果斷。

往後無論是寫詩或整理某些緣分時，我不會再使用雙面都磨利的刀。一面鋒利，一面粗鈍的刀，我好奇究竟會是如何。於是盼望著再怎麼喜歡刀的我，儘管胸懷著利刃，也不要深深割損自己；盼望著詩也好，人也好，飽經雕琢的部位，也不再那麼有稜有角。

連疤痕，也不糟了。

我想，為了替刀賦予偉大意義而刻上「緣分」或「愛」，或許也是該留意的部分。一把刀如何開創緣分與愛的歷史？它可是只懂得喀嚓喀嚓地切斷東西的物件。我固然喜歡刀刃，固然喜歡以刀刃切絲、截塊的心情，但若以此對著重要的「部位」，刀，似乎有些不太合適。大概是因為這樣，才會有句話說「不能隨便送刀給別人」。

我們擁有
在關鍵時刻改變道路的能力

因莫名其妙的重量感到疼痛，甚至連心靈都變得匱乏之際，我會搭上開往終點站的公車。不打算去什麼地方，只是默默前往公車的最後一站，待上一陣子後，再用相同方法返回。因此，東西向並不重要，在那個地方下車也沒有非做不可的事。前往終點站的途中，我並非獨自一人，而是有風景同行，有上下車的人群同行，甚至還有我身旁的空位同行。

在終點站下車，有時吃一碗麵再回來，有時研究前往更遠處的公車時刻表……就像這樣，在終點站能做的事，一點也不厲害。

由於歸途毋須選擇其他方法，只要沿著相反方向返回即可，因此是可放心沉睡的回程之旅。

即便僅是如此，回來後的我，仍覺得自己滾燙的血稍微冷卻了些。當我坐在公車上，視線固定於窗外的景色時，有人傳訊息詢問「你去哪裡了？」我該如何回答？對無法理解真實答案的人而言，改以「得隨便去個地方，才能感覺心情舒服些」的話語，是否就能懂我言語中的溫度，以及我居無定所的心？

很久以前的我，曾寫過這樣的詩。

每隔三、四個月一次，空出三小時左右，
搭公車前往始興市或議政府市之類的地方，
可不能拖延了吃碗炒碼麵的時間。
就像自己不是在吃，而是在吸收炒碼麵一事；
一碗炒碼麵不是用來填飽肚子，而是用來開導自己一事；
同樣不能拖延。

——摘錄自《風的私生活》（바람의 사생활，暫譯）

邁步上路，或許是想將自己推向不想見任何人的狀態中。將自己束縛在微不足道的時間裡，或許因為明白了連小事都存在著意義……保羅．科爾賀（Paulo Coelho）不就曾說過嗎？「我們擁有在關鍵時刻改變道路的能力。」

終點站，對每個人的意義都不同，對我而言，代表的是「回歸」。恰如我見過了無數次，公車彷彿在終點站停下腳步，呼呼大睡後起身，又重新踏上相同道路離去。

開啟終點站之旅，發生在我就讀高中時。當時，某個忽然說要去我家的朋友執意跟著我，而不想帶他回家的我，就算到了該下車的地方，依然堅持著不下車。被某人跟隨在後的不安、因為討厭這種感覺而想要朝著陌生地前進的不安……當時的我，正經歷著非得大口咬掉不安三明治的時期。

結束考試後，我仍會搭公車去看江，或是在徹夜寫詩的日子，搭上首班公車朝著最遠處而去。最奇怪的是，比起離開時，回來時往往更淒涼、更遙不可及。

在韓國的終點站之旅固然能盡情放鬆休息，但在國外可就不一樣了。一旦沒有中途下車，而是繼續坐在車上的話，司機總會對一臉外國人模樣的我分外親切，這其實經常變成一種麻煩。對著不特別想去什麼地方，只想靜靜坐著的人而言，詢問完「你要去哪裡」後，又開始指導起「你該在哪一站下車」，可不是普通的嘈雜。

好像是在東歐的某個地方吧？那天的我，同樣準備搭公

車前往終點站。果不其然，一搭上公車，立刻被詢問「到什麼地方？」於是，我開始使用肢體語言。在我指了指貼在公車布告欄上的終點站地名後，表明自己會再從那個地方回來，他露出只聽懂一半的不明白表情。我又指了指掛在自己脖子上的相機，盡全力有條理地用身體表達自己在那個地方下車拍照後，就會再回來的意思。他看起來似乎明白了些。

不知道經過了多少覆雪的鄉村小路後，司機驟然煞停公車，走下公車。接著，走向我座位旁的窗外位置。窗內的我，與直挺挺地站在窗外的他，四目對望。忽然間，他將一把拳頭大小的雪塞進自己順手帶下車的報紙裡，然後開始擦玻璃窗。原本幾乎看不見任何東西的玻璃窗，霎時變得好乾淨。

他笑容滿面地站在窗外，用肢體語言示意我拍照後，便重新上車發動公車。他似乎還為了讓我拍照，刻意放慢駕駛速度。

我假裝將窗外風景收入相機，實際卻是只能找到這個方法，讓我掩蓋自己感動得不知該如何是好的臉孔。面對一個不知道來自什麼地方、不知道姓名，連終點站在哪裡都搞不清楚的乘客，弄髒雙手，正是他期望的最佳待客之道。

前往游泳池途中，只要顧著目的地，隨意搭上一輛公車。見任何人都好的日子，收起想見面的心，隨意搭上一輛公車，迎著曝曬的陽光，在我那堆著白茫茫灰塵的空地，蓋一座游泳池。

你墜入我的世界

決定以後再也不做任何事了。

你工作了十五年，然後決定離開那份工作。你在三十四歲的年紀，完成了一輩子能完成的事，賺完了一輩子能賺的錢。

我嫉妒你。就算忍住不問「怎麼可能？」我的內心依然對你感到不自在。完全不是什麼想贏的心，而是因為就機率上來看，根本不可能存在像你這樣的人。

從巴黎的服裝學校畢業後，還沒想過要做什麼事的你，立刻開始了第一份工作——紐約知名品牌的設計師。每年以不可置信的程度刷新年薪數字續約。後來，在世界頂尖設計師一而再的挖角下，選擇了離職換工作。

你埋首工作，卻不知何謂快樂。被要求做什麼就做什麼，無論是時間或材料，你一點也不挑。從解決案件的數量之多來看，你做的不是設計，而是處理。只望著前方奔跑，是種缺陷，不少心懷嫉妒的人，正是如此判斷與看待你的。原本只是單純做自己喜歡的事，受到他人的閒言閒語固然難忍，你卻依然決定忍受，原因在於，一旦忍不住且有所行動的話，就可惜了自己一直以來傾注的時間。

你將降臨在自己身上的一切創作成衣服，那些人們依循季節與天氣改變的表情、外送食物的筷子包裝紙、窗櫺的灰塵、留在電梯鏡子上的指紋、牆面的龜裂痕跡……明明從未憑著感性創作衣服，人們卻總說能在你的衣服上感受關於感性。你甚至得消滅內在的自己才有辦法創作出來的昂貴衣服，總能將世人包裝得很快樂。

你不再工作的原因，單純只是「累了」。在沒有任何新鮮事的境況下，你不過想好好整理一下罷了。

「你現在打算回家人身邊，和家人一起生活嗎？」

當我問起時，你的答案令人驚訝。

「沒有，我一次也不曾那麼想過。家人能為我做什麼？」

你在工作期間，排除了不少東西。

甚至連情感的殘渣都清理得一乾二淨。

忘卻何謂食物，不懂何謂睡眠。

到此，其實很好。你沒有喜歡的人，也不曾愛過，沒有好好裝扮過自己，也不曾想向任何人展現最好的一面。省略了很多事物。

沒有做過一次料理，也不曾洗過碗；幾乎沒有讀過任何詩或小說，甚至偶爾會忘記國籍，忘記撥空感受令人瞠目結舌的情緒，忘記像別人一樣一有時間就休假。或許好奇問題何在，但若仔細端詳你，自然能發現你的問題始於不懂得對話。尚可忍耐時不時出現的「為什麼？」卻無法忍受費心解釋原因與確切根據的你，只是不斷地將對話帶往你的故事、你獨有的結論。我於是浮現了你錯誤堆積過往時光的念頭。

我告訴你，你會很寂寞。

你催促我，給一個理由。

我說，明白那個理由的瞬間，你可能會不想活了；你說，你最討厭話說到一半卻不說完的人。

看起來大概無法好好獨居的你，抱持和別人一起生活是種幸福的信念，我無法理解。僅是帶著單純、頑固的希望，卻空

無任何意志與內容的你，站在名為「世界」的大海前，從未冷靜地察覺自己是一個很快就會枯萎的人。猶如你設計的衣服，憑著知名設計師之名一次又一次地銷售一空般，荒唐無稽；猶如你宣言要從此過著什麼都不做的生活，毛骨悚然。

無可奈何的事，
就讓它無可奈何

我覺得，三個人同時在同個地方見面是件很難的事。儘管兩個人是可能在同個地方見面的。

當時，我們有三個人。三個人為了要經常見面，時不時就會出現兩個短髮男生在女校門口等人的畫面。儘管還不到二十歲，卻能模糊地感覺那些日子很美好，讓我們天天內心蕩漾。三個人就這樣不斷進展某種情感的心情，大概也找不到比「幸運」更貼切的說詞了。

在櫻花盛開的日子，我們走了與飄舞的櫻花瓣數量差不多的路。站在瀑布前，我們的大笑足以勝過水聲。

在某個室內游泳池，我們三人也曾並肩而坐，談論著關於未來、關於就算各自考上不同大學，也要在同間公司上班之類的內容。那些話聽起來，無異於住在同間屋子一起吃飯、一起存錢。

諸如此類的大小事，累積成了我們三個人。當時，我們的本質像海洋，若以那股目空一切的膽量而言，若以無論摻了多

少水也不會輕易稀釋濃度的層面而言，我們即是海洋。

不，自從我們認知到不可能永遠是三個人的瞬間，便只是浮沉在海洋上的一艘小船。哪怕遇上多小的風浪，也只會暈頭轉向的一艘小船。

我說，我要乘著那艘小船，登上首爾的最高處成為詩人。或許，那是會在高處感覺暈眩而根本不想上去的我，耍了點小心機。話一說完，我們之間的空氣剎那凍結。

一個朋友笑了笑後，另一個朋友也跟著笑了笑。笑，固然是為了打破凍結的空氣，但更是因為他們兩個人成績優異，就算是閉著眼睛也能綽綽有餘地挑選比詩人更強、更值錢數倍的工作。

置身那樣的情況，很遺憾，我能說的話也不過爾爾。

「你們兩個以後一定要結婚，然後我要寫詩。」

從脫口說出這句鬧劇般的宣言開始，我就離「我們」越來越遠了。又不是什麼「汝唱戲，吾畫蘭」，還是「你寫你的字，我切我的糕」……因為清楚自己就算咬牙苦撐也沒那麼容易成為詩人，才退而求其次希望至少兩個人能順利的一句話，即使有些小心眼，我還是覺得管用。我恐懼答案和獎牌是同樣東西的遊戲，也憂慮只需要一枝箭就能去除目標物的事實。當然，那時並不知駭人事物的清單通通在二十歲以後。

兩年後，仍就讀大學的兩人訂婚了；再後來，不知過了多久，兩人結婚了。儘管我不是沒有成為詩人，卻如同意料之中，是條崎嶇驚險的路。有別於成為詩人的我免不了的窮困，兩人過著截然相反的生活。婚後的兩人，一起搬去國外，而且還是世上最青春、華麗的城市，於是我們之間產生了連聯絡都顯得困難的模糊距離。

然而，無論如何都想連起虛線的我，拚命想維持著我們仍是三個人時的心情；無論如何都想保存曾經燦爛的光陰，將我們的二十歲擺在眼前，去蕪存菁地留下無限幸福的時光，然後好好記住。雖然很難做到，我卻還是做了。

我寄了封長篇而溫暖的信到那遙遠的地方。向兩人寄了一封不知道能在哪個深夜收到回音的信，但沒有回信。我拚命不去想是其中一人向另一人隱藏了我寄的信。或許，如同收不到的回信般，不寄出我的心意才更好。

那時，我買了一份地圖，是一份世界地圖。儘管沒有什麼特別的意圖，但我首先在地圖上尋找的，是兩人生活在遙遠國度的城市。就算自己終有一天造訪那座城市，我也會努力不和他們見面。

無可奈何的事，就讓它無可奈何。

germain des prés paris
Breakfast
Diner

搬向你

我喜歡搬家。

搬家後，感受住處附近嶄新而陌生的環境、經常碰面的鄰居表情、附近餐廳的味道等，彷彿在旅途中誤闖巷弄。再怎麼樂於享受這些感受，我總不能像是每隔三、四個月就去看場電影一樣搬家。

樓層間的噪音，對我來說並不算太糟。只要噪音不是不停重複，不是一而再地出現，像是定時鬧鈴般擾人的話，啊……這家人今天比較早起……那家有孩子……讓自己處於適合想像的狀態，剛好是我的工作。

搬進新的社區，洗衣店阿姨說，她是和韓國人結婚的日本宮崎人，一聽見我表示自己去過幾次宮崎後，阿姨立刻睜大圓滾滾的雙眼。有次，為了解決在跳蚤市場買回來的毛線織毯脫線而破了一個個大洞的問題，我特地去了趟洗衣店。阿姨幫忙完成修補後，幾乎整齊地找不到任何破洞。她說，修補費用只要韓幣一千元。起初以為自己聽錯，因此又問了一次，才確認修補費用只要一千元。

我覺得，對面鄰居的喧鬧也很重要。對面鄰居家裡，經常聚集不少人一起喝酒，一群人似乎也會鬧哄哄地做些料理來吃。有時，光聞味道就能猜出是在煎豆腐和煮辣湯。雖然家裡只住了一個人，但從聚集人士的模樣可以看出應該是來自不同國家的勞工。

很久以前，我曾在巴黎生活過。每次想起當時鄰居對我的容忍——那個若無其事地煮著大醬湯與泡菜湯來吃的我，不免有些過意不去。對於從未聞過那股味道的鄰居來說，勢必很難受……本來想說「只要有人表明不喜歡，就不會再吃」的我，經過了一段時間也沒聽過任何人說了什麼。

總是凌晨兩、三點入睡，又是什麼感覺？某個凌晨，熬完整夜準備睡覺的我，這才知道住在隔壁的老夫妻會在凌晨四點半左右開始一天的生活。

我喜歡隨手觸碰路邊看起來討喜的植物，由於出身鄉下，摘花、拔草、折樹枝自然是家常便飯，尤其是雙手空空時，不，就算不是雙手空空，也會經常無意識地拔一枝路邊的小草握在手上，再繼續往前走。當時我們的鄰居，也就是那個有庭

院的人家，種著一棵櫻桃樹。每次晚上散步回來的途中，我總會摘一、兩顆櫻桃來吃。雖說生平第一次見到櫻桃樹上結著櫻桃的我是基於好奇，但主人要是見到一天天減少的伸出圍籬外的空樹枝，會不會也在寬厚地包容著呢？

我好像不能不談論關於自己遙遠的未來。我希望自己最後一次搬家，是帶著行李跨越國境。跨越國境，如同字面上的意思，即是離開這塊土地，前往另一塊土地生活。我遊歷一百二十多個國家，想必就是在尋找自己終有一天想生活的地方，如果真的找到那個地方了，我應該開麵店？賣煎餅？還是賣炒飯呢？我不想只是在那個地方無所事事地度日，而是想真的愛著那個地方。原因不為其他，而是因為那說不定是我人生最後一次搬家了。無論收不收客人，還是得時常打招呼；無論會不會遇見客人，還是得時常微笑。

假設那個地方以後不會有太大的改變，寮國的龍坡邦如何？冰島也很好，或是彷如上天初次灑落空氣的尼泊爾，還是不丹的某座山村呢？最好是空氣好的地方，最好是不繁忙的地方，最好是一年只有一種季節，永遠保持冬天的國家，或是進到海裡就能抓魚，仰起頭就能看見天空，幾天前摘過的果樹又立刻結滿一顆顆香氣四溢水果的，那種地方。

雇用一、兩個員工，必須選擇常笑的人；相較於長得漂亮的人，給人好印象的人才是首要。我一定要照顧好員工們的伙食，就算我忙著製作料理而無法一一顧及其他事，也要當個能與他們一起用餐的人。我會第一個起床，我會最後一個睡覺。

我會像愛自己的一部分般，愛那個地方；我會像看待人生最後一幕般，謙遜地面對那個地方的空氣與景色。在某個睡不著的夜晚，向那些來到我的人生，且值得感激、令人潸然淚下的朋友們，寫下一封封待寄的信。當然少不了在信封內放入一、兩張我在美景前拍下的照片。

若你到這間店作客，我會說很多故事，關於我早上去市場的事，關於我養的貓與鳥籠裡的鳥，並且傾聽你遠從他方而來的故事，迎接令人激動、發麻的時刻。還有一件事，我會把木柴垛在炭爐上，燃燒柴火直到深夜，讓我擁有很多時間去思考關於自己留在這世上的東西。

在椅子上相遇，
又在椅子上離別

天氣令人擔憂，冷倒是無妨，但有些擔心路面的濕滑。倘若心態上無法接受這一切，可能打從第一天就厭倦了。我帶去聖彼得堡的包包裡，除了有抵達後要讀的一些書、準備翻炒的咖啡豆，還多帶了一顆內心的種子。

住在俄羅斯聖彼得堡的塞吉，家門前總是擺著一些椅子。童年時期的塞吉，並不明白那些椅子的意義。擺在玄關的椅子，是以玄關門為中心，兩側各放一張椅子；形狀略長的椅子，最多可以坐三個人，坐兩個人是最剛好的。由於從他出生起便一直擺在同個位置，塞吉對此並不覺有什麼特別。

塞吉九歲時，爸爸因為有事得搭五十幾個小時的火車前往伊爾庫茨克。為了送別爸爸，全家人一起坐在玄關的椅子上，默默地度過說長不長，說短不短的時間後，爸爸便動身遠行。

年幼的塞吉問爺爺：「爺爺，剛才我們……為什麼要坐著？」

爺爺答道：「因為爸爸要去很遠的地方啊。」

後來，塞吉才漸漸明白，不只是他們家，其他家庭也都一定會在玄關擺放具備那種用途的椅子。當必須和家中的一分子暫別時，那些椅子就會成為執行某種儀式的祭壇。因此，得經常擦拭那些椅子。

無論是誰，遠行都有重大的意義。務必在遠行途中注意安全、務必衣錦還鄉、務必時刻掛念著留在故鄉的家人。

椅子上交疊著沉默的時光，以及離人留下的依稀感……話說如此，也不能因為攀附於「思緒欄杆」上的念頭，而只顧著擔憂離去的人。憂慮的利牙，一口口蠶食著椅子。

長大成人的塞吉結婚了，擁有美麗的妻子，兩人也誕下了女兒。塞吉久久無法忘懷女兒誕生的那個日子。

幾乎不曾抱著甫出生嬰兒的塞吉嚎啕大哭。在俄羅斯，有新生兒爸爸送禮給協助接生醫師的風俗；想買蛋糕作為禮物的塞吉，卻泣不成聲，無法好好告訴麵包店自己想買一個蛋糕。

麵包店的阿姨見狀，當然會問：「為什麼哭了？」

阿姨面對著好不容易才把話說完整的塞吉，猛力地擁他入懷，輕拍他的背，並說了句「將她養育成最美的孩子」。決定要買花送給辛苦的妻子後，塞吉踏上前往花店的路。

正好遇上汽車沒油而去加油的塞吉，像個傻瓜似地，一手拎著油槍，再度放聲大哭。原本在使用隔壁台加油機的陌生男子，邊完成加油，邊瞟了他幾眼後，同情地詢問塞吉哭泣的原因。塞吉告訴男子：「因為自己的第一個孩子剛出生」、「只是一小時前的事」。

男子表示，自己也忘不了第一個孩子出生的那天。他不僅送上真心的祝福，甚至還拿出放在車上的巧克力交給塞吉，並問他「只是份小禮，不知道你願不願意接受？」塞吉糊里糊塗地收下祝福的心意。

塞吉抵達花店，是光顧過幾次的花店。他走進花店，下定決心這次絕對不再掉眼淚。一轉眼，挑好妻子喜歡的黃玫瑰後，捧著包裝好的花束，莫名覺得早就知道的詞彙「羅莎」（Роза，玫瑰的俄羅斯語）發音好美，於是又克制不住一直強忍的淚水。

幾天後，塞吉猶如被雷擊中一般，驟然起身——他完全記不得那天在花店也哭得像個傻瓜的自己，究竟有沒有付錢。為了確認此事而前往花店的塞吉，決定將女兒取名為「羅莎」。

未來的羅莎也會在玄關放張椅子，然後送別爸爸、等候爸爸。不，說不定是愛哭鬼爸爸送別遠行的女兒，並強忍自己的話語，欲言又止。

椅子，突顯了匱乏。

想細細端詳的那個深處

有多少次，想見一見他人的另一面？
有多少次，想讀一讀他人的內在世界？

這一切固然源於喜歡，固然源於興趣，但又有多少次是為了如此瑣碎的欲望而感到煎熬？

無論是想知道手機的密碼，或想偷看訊息，為什麼這麼好奇未曾發生在自己眼前的事呢？這一切，是否也該歸因於春日的氣息呢？

某人離開座位的期間，瞥見他手機的訊息，讓人充滿無限想像。假如拿著某人的手機，看了他的許多東西，像是照片、訊息、儲存的東西等，情緒會因而低落的話，或許是因為喜歡那個人。

小時候，在課堂上收到從後面傳來的紙條，因為看見上面寫的一行字而心臟狂跳。發現本來要傳給其他同學的東西，卻不小心傳給我時，忽然有種自己被全世界排除在外的心情，或許是因為我喜歡那個寫紙條的同學。

朋友去廁所的期間，不小心看見對方的購物袋裡裝著很多麵包。儘管我表明肚子餓，到了分開前，朋友依然沒有與我分享那些麵包，餓肚子的感覺成為疼痛的話，或許是因為我喜歡著那個朋友。

說好要和我一起吃飯的人，如果在碰面的前三十分鐘，已經在與我相約的場所附近先吃過飯，現身後才說自己一點都不餓，要我一個人吃就好，我的心情會因此變得完全不想吃任何東西的話，或許是因為我有點喜歡那個人。

想知曉那個人內在的另一面，想窺視那個人不過幾坪的內心世界，一切全是因為想占據那個人的渴望。

儘管對某人感到憤怒，但只要凝視他的背影一陣子，便會莫名覺得難受的話，這一切大概都是源於一股無法控制的磁力，在人類的內心深處作用著。

聽古典唱片時，沒有什麼比「在每一個音符間偶爾聽見演奏者的呼吸聲」更好聽的原因，是因為吸引我們的不是完美，而是其中融入了無法控制的人性化（那種人性化是刻意去除也很難去除的部分）。

當我們進入某人生活的空間時，陷入藉此就能了解對方的錯覺，或許也是因為上述的情況。占據某人生活空間的獨特香氣、東西的排列順序、重要物品擺放的位置，甚至是享受或厭惡燈光之類的取向……我們從中不停地挖掘他人喜好，而後被其捕捉。這一切就像在起跑線響起的槍聲，意味著被允許走進某個人的內心世界。

藉由分享私人空間，
讓兩人的關係成長與進步。
替某人前往因旅行而空無一人的房子處理事情時、
帶著家鄉味料理去一趟獨居朋友的家裡時，
我們每每都能帶回最純粹的感覺。

依此類推，當想坐那張主人不在的椅子時，我們便是有一點喜歡那個人。除此之外，甚至還有不禁想調皮地打開看看抽屜的衝動時，或許已是正愛著那個人的證據了。

又是另一個故事了。有次拜託一位熟識的朋友，在我旅行期間替我澆花。我寫了一張紙條貼在冰箱上：「拜託千萬不要打開冰箱的門。」

因為是個非常炎熱的夏天，是植物需要非常多水的時期，我覺得朋友會開冰箱拿水或飲料來喝，所以才故意貼上開玩笑的紙條。朋友究竟有沒有開冰箱的門呢？我在遠方好奇著。我將自己不能吃，而且再不吃就會壞掉的葡萄禮盒放在冰箱裡，然後在上面大大寫著：「好好享用這些葡萄，就是幫了我一個大忙。」

最後，朋友究竟有沒有開冰箱的門？我敢斷言，他沒有開。等我旅行回來後，一打開冰箱，葡萄依然好好的。我不在家這麼長的時間，竟然還存放得這麼好？經過幾個月後，我才知道，其實朋友因為口渴的關係，早就把葡萄吃光了。冰箱那個葡萄禮盒，是朋友認為應該讓葡萄原封不動待在那新買的。

「啊！對了，放在葡萄上的紙條不見了。所以，那是新的葡萄才對。」

回到一開始的故事，不是也有那種看見太多東西的情況嗎？無論願意或不願意，我們常因為看了太多而結束關係。當窺探一個人內在的另一面時，瞬間會浮現想將一切隱藏的念頭，甚至在不知如何是好的當下，只想放聲哭泣。

看過在相同部位、相同大小、相同形狀的傷口……卻無法相信自己竟會那般厭惡事實。

正因我們很難百分百接受一切，而其可怕的程度已讓人無法承受，因此有時也只想不顧一切地掩蓋事實。

我們因為想知道太多，而結束。

因為匱乏，
我們最終變得悲哀

有個詞叫「目光」。如同你我所知，是由「目」與「光」兩個字合成的詞彙，卻顯然超越了「目」與「光」各自擁有的魅力，由另一種魅力引領名為「目光」的詞彙。

「鐵路」一詞亦然。明明是「火車」與「路」的偶然相遇，卻又有些傷感。這是一個美妙至極的詞彙，彷彿某種不可能變成了可能，且轉眼間就會抵達。

讓單獨存在時已是極美詞彙的兩個字相會，「雪」與「花」成為「雪花」一詞時，又是如何呢？我也很喜歡「風聞[1]」、「秋日天空」之類的複合詞。想必是兩者的結合，迸起了火花；想必是存在單憑一己之力無法完全發揮原有光彩的物理原因。

在某個遙遠的旅途中，我想起了「豆腐麵」一詞。

究竟為什麼忽然浮現從未吃過的食物？這個詞彙甚至在腦

1 風聞（바람결），複合詞，由「隨風」與「聽聞」組合而成，有「傳聞」之意。

海中盤旋了幾日不曾離開。當然可能是因為自己喜歡豆腐，也迫切渴望能吃碗熱騰騰的麵，但當意識到腦海之所以浮現這個詞彙，是因為這是人類絕對達不到的溫熱時，我便已死心，並拚命不再想這個詞彙。置身於太過寒冷、放眼所及白茫茫一片的異鄉土地，這個詞彙既沒有任何用途，亦沒有任何效果。

不必特地強調，已有不少情況是兩個人比一個人更顯光采。或許，這也是為什麼當兩顆星靠得越近，我們的黑夜也會變得越明亮。

其實我希望你也能明白，相較於單打獨鬥，雙劍合璧更能大放異彩。原本以為我喜歡你的原因只有一個，但當因為這個原因，而使我變得喜歡你的一切時，便不再需要延遲我的心意，亦不再需要默默觀察你的心態究竟如何。

男子正好要去漢拏山旅行。前往漢拏山的途中，決定順路去一趟高中時女友生活的J城市。那座城市，坐落於男子生活的城市與漢拏山中間，由於原封不動地保留著年代久遠的一切，因而以古都聞名。男子心想：若能趁著漢拏山之旅順道造訪，一定很不賴，他計畫之後再從南部的某處搭船前往濟州島。

男子與高中時的女友藉往昔的回憶作為能量，一起度過了幾天。他們不斷地笑、不斷地分享，彼此也不斷試探，女子覺得有點奇怪，明明說好要登漢拏山的男子，一而再地忽略離開的時機，完全沒有想離開J城市的跡象。男子就像是個不在乎漢拏山計畫的人，表示自己打算在J城市找工作。

男子與女子一起生活，如同朋友一樣地生活，平淡如水。就這樣，一起生活了十七年。

與十七年前不同的是，兩人有了一個孩子，而男子依然沒有登上漢拏山。如果當時男子按照計畫登上漢拏山，兩人又會變得如何呢？如果男子登上漢拏山後，重新回到J城市，究竟兩人的心，是否能如同合二為一的詞彙般，邁向同一個方向呢？

「為什麼不去漢拏山？」每當女子三不五時地向男子問起這個問題時，只會得到「嗯，現在也該去了……」的答案。

儘管一次訂下兩個目的地的男子，只停泊於一個意義，但很顯然也是因為男子留下「未完成的漢拏山之旅」，才讓這個故事餘韻無窮。

每天心跳一次

我思考著。假如自己正在做的事，都是有生以來第一次嘗試……開車、上班、煮湯、喝酒……假如這一切都是我有生以來第一次嘗試，無盡的怦然與強烈的新鮮感，勢必能使我澎拜不已。

「第一次嗎？」當有人問起時，我連回答的聲音都顯得有些顫抖。或許，就像我們的初戀吧？如果我們都是第一次來到地球……當長久生活於其他星球的你我，在地球上踏出第一步時，第一次望見的天空、海洋、草地，勢必已足夠讓我們陷入瘋狂。

在我經營的咖啡廳裡也是一樣。無論是用抹布擦桌子，或是從花市買花回來插進花瓶，所有事都是有生以來第一次嘗試，因此始終壓抑不住激烈跳動的心。再加上，咖啡廳裡的靜物，一整天隨著陽光改變模樣，每個瞬間都成了微妙的裝飾，恰如初戀般耀眼。

有人坐進了我擦拭過的座位，有人邊享受著我沖泡的咖啡，邊坐著看了好久的書。當看到有人凝視著我的插花，喃喃自語著「好美」時，對於成為咖啡廳老闆不久、傻呼呼的我來說，心情就像是得到了一份名為「興奮」的禮物。

是啊，我今天是第一次踏上地球，眼前發生的一切，我都是第一次看見、第一次觸摸、第一次感受。倘若不是這樣，如此美好的一切，似乎就不會每個瞬間環繞著我。

是啊，沒錯。仔細想想，昨晚的我喝了酒，和一群美好的人們、猶如初次見面的人們、似乎會散發櫻花香氣的人們共聚一堂。我總是抱著可能不會再見到這些美好人們的念頭，與他們見面。維持了數十年，與喜歡的人們共度晚餐時光；當然，隨著不同時期、不同季節，相聚的人有所不同。單憑「這些與自己往來的人們是如此美好」的事實，都足以讓我煎熬而孤獨。是啊，說不定我是為了終有一天變得加倍可怕的獨處時光，才加倍可怕地維持著與他們的相聚，加倍可怕地使用著時間。

如果不喜歡，我根本無法好好地坐在一個人面前，而且隨時都可能不再見，一切都可能立即終止。於是，我每每像最後一次似地，細細凝視他們的美好後才回家，在回家的路上，想著第一次見到他們的瞬間。

每一段關係，顯然都存在被雪覆蓋的部分，存在希望用雪覆蓋的部分。去年冬天，我同樣去了趟札幌，看了雪、淋了雪、為了被雪掩埋。像是接收到等候一年的信號般，一到冬天，便動身前往雪國。

我悲傷地入境悲傷的國度。

我前往距離札幌至少兩個多小時車程的地方，一座擁有「大雪山」之稱的山。龐大的大，白雪的雪……在以經常下雪聞名的北海道，存在著擁有這個名稱的地方。我不禁好奇，這個地方究竟要下多少雪、堆積多少雪，才夠格被賦予如此強勁的命名。我不禁好奇，究竟是不是從幾千年前開始，只要從天上降下白雪，便有人將雪揉成團，然後製作成如此高聳的山。那個地方，真的令人窒息，是座除了雪之外一無所有的山。

車子沿著蜿蜒的雪路開上去，抵達海拔兩千公尺高的盡頭時，看見了露天溫泉。繚繞的煙霧，讓人一眼就能辨識那是溫

Г Р И Л Ь #

泉。當萬事萬物都被覆蓋於白雪之下時，唯有湧出熱水的那一處例外。沒有屋頂、沒有圍籬，是一口位在平坦遼闊處的露天溫泉。沒有任何人，而且免費。似乎沒有其他地方比這裡更適合溫熱凍僵的身體了，於是我決定進入露天溫泉。

當我將裸體浸泡於熱水中，驚喜地欣賞著優美的雪花飄落之際，我忽然懷疑自己的雙眼是否看錯了什麼——有人出現了。朝著眼前山峰前行的人，正在往上攀爬，攀爬著盡被白雪覆蓋的，沒有路的山。不僅揹著行囊，甚至還扛著滑雪板。

我稍微起身後，再次將裸體浸入水中，因為現身的可不只一、二人，竟然超過十個人？轉眼間，超過二十個人填滿了我的視野。這次輪到看起來像是各自上山，也像是一起上山的他們，觀賞了正在泡露天溫泉的我。而我只從水裡伸出手，揮一揮手。

是一群選擇用不同方式登山的人。他們不是沿著車道上山，而是揹著雙板或單板，穿著防滑鞋套攻頂的一群人。在山頂吃點飯糰充飢，欣賞山下的景色後，有別於上山時的辛勞，他們改以滑雪下山，享受驚險刺激的速度。他們是即使有些渙散，只要拿起冰柱戳戳自己，就會立刻精神抖擻的一群人。

驅車上山，將身體浸泡於熱水中的我，與竭盡全力攀上山頂的他們，明顯是對照組。就算猛然想拍一下自己的膝蓋，卻因泡在水裡而做不到這個動作的我，如此激動地想著：

就像第一次造訪地球的一群人，

原來就住在地球上啊……

”假如我們能成為
彼此的一點點雨滴

中心很重要。如果以必須找到中心，才有可能「合」的層面來說，更是如此。對一個人而言或許相同，但當氣味相投的一群人成為朋友時，所謂的中心是支柱，也是屋簷。花藝師製作花束時，會將最生氣盎然的花置於中心，再以剩下的花環繞中心綑綁。既然如此，從前與我們擦身而過的無數「朋友」們，為什麼無法長久綑綁在一起？為什麼變得支離破碎，或僅留下其中的一部分呢？

我曾經有一群朋友：超越「可愛」定義的Ａ，說謊說到令人厭煩的程度；不停借錢的Ｂ，最後潛逃到國外；Ｃ則是在我們關係破裂一陣子後，很遺憾地選擇了輕生這種極端的方式。假如我是以這種方式，由單方面的視角描寫這三個人的話，那他們又會用什麼樣的一句話來描寫我呢？我指的是，從經過了許久後的，此刻的角度。

我還有過另一群朋友。我加入了原本相當親近的四個人之間，聽他們說，我一加入整個氣氛都變得活絡時，我也覺得很開心。天天見面的我們，真的已經到令人好奇「怎麼可能每天見面？」的程度。唯有五人一起，才是一體。仔細想想這群朋友關係破裂的原因，大概是太喜歡彼此了。然而，有一件事似乎不該做，那就是互相賦予對方「家人」的意義。於是，支離破碎。

即使能再列舉一些例子，但光是回憶，都足以讓我的嘴裡滲出一陣苦辣。過去，比即將到來的日子苦澀、辛辣百倍。

或許正是因為關係破裂了，我們才更沒有資格妄論些什麼。不是那段時光多糟糕，而是這麼做，只會更突顯我們想嘗試掩蓋的一個痛苦事實——我們用盡一切方法，卻始終無法一同走下去，以及無法讓那般美好的時光延續至今的挫敗感。或者，我們只是想用一句「至少我盡力了」，掩蓋自己的卑鄙？

中心，曾經是什麼人？曾經是什麼東西？倘若沒有中心，便無法像這樣往來；缺少明確的中心，團隊便不會存在。當門框開始錯位時，沒了中心，便已失去靈魂。

交往的人們正在Instagram上直播，光看戀愛的模樣就覺得無比美好，因而讓不少陌生人抱著支持的心態追蹤他們，沒想到其中一人卻在不久後消失無蹤。分手後，所有過去的合影都被刪除了。按著刪除鍵的手指，究竟施打了多少麻醉？我很好奇，手指在刪除曾經轟轟烈烈的情感時，是什麼樣的心情。

我曾經住過一個地方，附近有棟附設游泳池的別墅。住在那裡的人表示，只要滿意我的「表現」，就會讓我使用游泳池。於是，為了使用游泳池，我的確想過和那個人拉近距離，這跟使用別人學校的大型圖書館是一樣的情況。可以和擁有海景別墅的人變熟，自然不是什麼壞事，假如對方要我輪班去替他的溫室澆水，哪怕要做一百次，我也願意。不過，縱使因此成為朋友，也不是真正的朋友關係。

「那個朋友還好嗎？最近還會常見面嗎？」

「嗯？沒有，就……很久沒見了。」

每次說完後，總會被問「為什麼？」儘管希望對方不要追問，但一定會被問「為什麼？」就算我還沒準備好說那個人的壞話，還是經常會被問「為什麼？」如果遇上了非回答不可的情況，我不免會將那人形容成一個不好的人。快瘋了，真是的！

不過，那些人都去哪裡了？一回頭，才發現自己早已離得

太遙遠，沒有能耐再折返去修繕陳舊、破爛的一切。

當喜歡某人時，我總會先想到結局——最後的結局。無論樂不樂意，讓結局結束得自然、正面的話，似乎會比較好。既然所有關係在時間面前都不敢妄論「永遠」，也不敢妄論「理想」，那麼讓結局有結局的樣子，就是一種完整。

在某些情況中，我甚至會在一開始就預想一段關係的結局。話雖如此，我卻不害怕，只會讓我想對對方更好一些。有時對對方太好，甚至感動得連自己都鼻酸時，一想到結局，我便會覺得自己多付出些確實正確。快瘋了，真是的！

不過，大家真的不知道所有關係都存在著「結局」嗎？或是不想承認？還是用漂白水清除與結局相關記憶的能力很厲害？無論結局再怎麼糟糕，無論你再怎麼努力假裝不知道，「最好的結局」依然存在。

有個詞叫作「旅行成癮」。旅途中，空虛感偶爾會在我們期待著某種特別的時間或事件時，沒來由地掙扎亂舞，於是，在不一定必要的情況下，莫名地醉心於某個人（或當時的氛圍）。然而，從旅途回來後，那份情感卻根本無法持續。大概是藥效退了，嚇了一跳……面對「旅行成癮」新詞彙，竟會不自覺地張開瞳孔的我，忽然浮現一個想法——我們曾與那些人一起度過的美好時光，不過是「旅行成癮」或「某人成癮」的狀態罷了。

代號是：詩人

為了購買插在咖啡廳花瓶裡的花，我去了趟花店。店裡有位老紳士買了一朵玫瑰，我很喜歡老紳士離開的模樣，於是向老闆說「畫面看起來真美」，老闆才告訴我「那位客人每隔幾天就會來買一朵玫瑰」。啊……真的好瀟灑……我自然地將老紳士想像成一位好人。就在我好奇著他為什麼總是只買一朵玫瑰的時候，或許是因為我當下散發的氣息吧，老闆說道：

「是……詩人嗎？」

一瞬間以為自己聽錯，又不太清楚究竟是不是對我說的話，因此我只是側著身點了點頭。

從前造訪倫敦時，深夜，從火車站下車尋找住處的我，問了與紅綠燈並排站立的老紳士究竟該怎麼走才對。他回答著我的問題，露出完全沒有自信的模樣，於是，他提議要帶我到目的地。儘管我表示「沒關係，我自己找就好」，還是聽從老紳士指引的方向。走了十五分鐘以上的路程，而路上一片漆黑，漸漸也離老紳士原本打算前往的方向越來越遠。

「離您的家越來越遠了。」

我語帶抱歉地說道。

「有時，我也想在回家途中迷路。」

他邊接下我的話，邊照亮了眼前昏黑的路。

站在終於抵達的住處前，示意握手道別的老紳士向我表示，自己是寫詩的，詩人。後來，當想起倫敦時，腦海總會浮現一句話。於是，我為那件事寫下了這樣的文字：

在倫敦，存在著替迷路之人為指路的天使，那些天使用「詩人」作為暗號，取代自己的姓名。

每晚像個結束旅行的人一樣，
晚安

不要跟任何人去旅行。
會完蛋的。

說不定會突然為了根本不算什麼的事怒目相向，或是用不耐煩的語氣催促些什麼。總之，會毫無原因地合不來。

睡覺時間和習慣不同，吃飯時間和喜好也不同。

喜歡什麼樣的氛圍、沉浸於什麼樣的氛圍，甚至連在那個地方非達成不可的唯一目標都不同。總之，就是合不來。

為什麼會覺得不可能獨自一人呢？只有獨自一人才有辦法辦到的一件事，正是旅行。

儘管如此，還是要一起去嗎？因為可以稍微消除些寂寞與恐懼、可以分享，所以，非得和某人一起去嗎？不，我想阻止。越是累積獨自旅行的緊張，越能將寂寞與恐懼之類的東西，若無其事地視作家中滾來滾去的橡皮筋。

獨自一人去旅行吧，世上所有羅盤、路標與時鐘，皆會

隨我轉動指針。獨自一人去旅行吧，毋須談論不在那個地方的人，亦毋須聆聽早已在這個地方聽過的故事。

獨自一人的旅行，意味著從保護著我的某人，從輸送情感以消除淒涼心情的親密之人，從將極小的我養育成人的母親懷裡，越來越遠離，直至離得最遠。同時，也像一支黑色簽字筆，抹除我們曾相信的一切。

如果不想擁有世上常見的事物，如果不想做其他人都做過的事物，唯有獨自一人，才可能。

獨處的地方，會告訴我們意義深遠的文句。邊憶起自己無數次的動怒，邊謙遜地雙掌合十。

獨自旅行期間，因身旁沒有任何人而感到難受時，意味著要我們藉機想一想，自己填著「該愛的人」的空白括號，也就是，當獨自一人變得搖搖欲墜時，代表著我們存在著必須縫合的東西。

當日子過得單調、敷衍時，最好去趟激烈的旅行；當能忍耐的淚水已經忍到極限時，最好動身旅行，去痛快地哭一場。

回來後，會因「人生之所以一直進行著，是因為一切都比表面看起來更炙熱」這套哲學，而變得更強大。

假如我們因害怕被對方的荊棘刺傷，而不願移動腳步，走進彼此的內心世界，並認為沒什麼能釋放被囚禁於極凍寒冰的自己，姑且像個瘋子一樣，旅行於每一天的清晨吧。如此一來，我們的每一天，都會翩翩起舞地踏上舞台。在別人眼中的我，會因此變得不同；連洗手時看見鏡中的自己，也不會錯過機會自我對話：「怎麼樣？你是否也覺得自己在旅行時融化、消失了？」

旅行後回家，再像個結束夜晚之旅的人一樣沉睡吧。期望這樣的睡眠，能讓一整天的腳印緊擁著自己，並領悟萬事萬物的沉澱；期望我們能接受自己的身世之謎——在你我的基因裡，流著旅人的血。

櫻花開了，櫻花謝了

朋友離婚後，因為難獨居，決定和其他人一起生活，而故事的主角正是：他的媽媽。其實，是朋友住進了媽媽的家。於是，重回童年時光，當朋友表示自己打算離婚時，他的媽媽說：「原來有『離婚』這種東西啊……我為什麼從來都沒想過這件事呢？」

後來，媽媽跟隨孩子的腳步，和爸爸離婚，變回一個人。母子倆不知這樣一起生活了多久……直到某年春初，原本在庭院做事的媽媽忽然昏厥，過沒幾天後便撒手人寰。維持不久的幸福……所謂幸福，該有多短暫？

喪禮結束後，本來靜靜坐在客廳的朋友，忽然起身打掃滿是媽媽觸碰痕跡的庭院。他一坐上嘎吱嘎吱作響、猶如要解體的舊椅子，看到鋤頭、堆肥桶、澆水壺，無一不爬滿鏽斑。他說，自己的內心一隅，也嘎吱嘎吱作響，猶如鏽蝕般痛著。

不知是不是媽媽灑下的種子，小花圃裡開始長出細細的嫩芽。對朋友而言，這一切都太過悲傷了，於是仰頭凝視天空的他，竟瞥見從未開花的櫻花樹上盛開著櫻花。朋友不停地哭泣。雖是從青年時期便一直在房子裡生活，卻因為總是早出晚歸，甚至連家裡有棵櫻花樹都不知道。似乎是媽媽綻放了櫻花後才離去的，彷彿是媽媽用手輕撫著兒子的額頭。母子就像櫻花一樣，密密麻麻地連結在一起。朋友自責著從未在媽媽身上學會傾聽庭院的喧囂，那天哭得太多的他，臉龐似乎也被染成了櫻花色。

你知道我又走過那棵櫻花樹了嗎？你知道我就像開在那棵櫻花樹下的長壽櫻花葉般思念著你嗎？你知道我會一直在那裡等著你，直到雨後櫻花通通飄落嗎？

聽說，櫻花開花是因為曾有人將臉龐倚在樹枝上。你是否知道我因此走遍世上的每一棵櫻花樹，只要想起你，便靠上我那沉重的臉龐。

或許你也不會知道，櫻花之所以由南方開往北方，原因是我由南至北，尋找著你所在的地方，迷惘地從溫暖之處開始摸索至北方。不知，亦不覺。

或許是因為見不到你，枝椏才向彼此伸了手環抱；或許懸掛著雪白色指甲，而後喧鬧地飄落四散，只為了告訴你，我站在這裡。

我的所有愛情，都是初戀。
即使沒有任何人愛我亦無妨的，初戀。
於是口乾舌燥、步履蹣跚、心急如焚。
因為這次也是初戀，對我來說，好難。

當原本赤裸裸暴露青筋的櫻花逐漸冷卻時，
我不忍放任愛情飄零。
因為是初戀，所以短暫。

儘管非你不可，
卻也因你變成這副模樣。

內心動搖不是一切，
我不能就這樣活下去的原因，

勢必是存在著這般迫切。
一旦你在我從世上消失後才意識到這件事時，
我的心，想必只會更痛。

倘若我從世上消失後，
花筏未曾漂過我放聲哭泣之處，
我又該有多心寒？

請用影子
描繪愛情的模樣

不久前，看了一部感觸良多的電影《水底情深》，原文片名是*The Shape of Water*，也就是「水的模樣」、「水的型態」之類的意思。就詩意、哲學的層面而言，水與愛情的模樣確實相似，使我相當好奇究竟是誰取了如此出色的片名。

與不同的人交往，愛情的模樣也不盡相同。愛上了什麼樣的人，才明白自己究竟是什麼樣的人。以什麼樣的方式送別一個人，才能讓留下來的人成長得更為立體。後來，這一切都成了太過理所當然的道理。

一名男子，他有個正在交往的女朋友。每當他想起一年只見面幾次的女朋友時，便會買些禮物堆著，等到見面時，再像炸彈般一口氣送出堆積如山的禮物。對此感到奇怪的我忍不住問他：「對方收到禮物開心嗎？」「而且為什麼一年只見面幾次？」

他說，大概就是那種程度的人，對雙方來說，彼此就只是那種程度的人。將其整理定義為「喜歡卻不渴切的關係」後，我便聽懂了。不能因此說那樣的人就不需要愛，而是他們保持

距離地相愛，是另一種相愛的型態。

說這個故事的原因在於，自己感覺近來有很多戀人們躊躇於曖昧的情緒間。他們將那色彩既不濃烈，情感也不熾熱的狀態，稱之為「愛情」。是時代的另一種色調嗎？要找個能解決肉體情感的對象嗎？或是盼望自己能輕易回答來自四面八方的問題——「你有交往的對象嗎？」或許是因為這個世代無法忍受留白的空虛，才會用如此不著邊際的愛情，跨越時代的水勢吧。我認為，在這種情況下，就算透過一段關係換取慰藉，也不可能順利地成長。只因身體沒有百分百嵌入愛情的狀態，沒有百分百處在愛情的狀態。既然沒有莖脈，愛情的養分自然無處可去。

為愛情痛苦，是因為罹患了成長痛。愛情，囊括了許多痛苦，因此當愛情結束時，人依然無法自拔的原因，是為了吮凝結於痛苦深淵的蜜水，就像獲得一種成長果汁。辨別是否愛過一個人的方法之一，即是計算自己因為這段愛情成長了多少。一個毫不迷惘，便能跨越渾沌大陸的人，不具備讀懂人生的能力。愛情沒有終點，而是成長的起點。

做近視雷射手術前，必須先檢測眼淚。為了考量術後是否會引起乾眼症等問題，得事先檢查患者的眼淚屬於哪種類型，包括眼淚的質與量。每個人都有獨特的眼淚質，也都有獨特的眼淚量。

健康的眼淚，意指其水分含量能充足地完整包覆眼球，是含水豐富的好眼淚。

眼淚有三層，而這三層是否稱職地扮演好各自的角色，最終將決定眼淚的質。黏液層，維持角膜表面的平坦，並讓眼球能處在正常的濕潤狀態。位於中間的淚水層，具抗菌作用，去除一切來自外部的侵入性異物。最外層的油脂層，則是形成一道隔離牆，防止自體產生的好眼淚溢出與蒸發。

眼淚，或許在某種層面上與心相似。當心的內外無法各自扮演好自我淨化的角色時，我們只能走上痛苦一途。一顆心能有多健康、多豐富，唯有愛過的人才能確認。經歷過愛情的人，也就是向愛情提問過的人，才懂得如何用心；懂得如何用心，才有辦法吸收或蒸發累積在堅強又柔軟心上的繁雜因素。

恰如眼淚。

我認為愛情的另一個名字是「思念」。更正確來說，所謂愛情，應該是「連續的思念、思念、思念、思念」。「愛情」一詞的源頭，會不會是「思量」，也就是「思念的量」呢？無論置身什麼境遇，都會想起某個對象；無論面對什麼狀況，想起某個對象的念頭，總是突然會凌駕於一切之上。在這場化學作用裡，人人都成為了俘虜，難以承受。藉由這樣重複的過程，更貼近地感受對方，進而擁有對方。最終，「思念」成為帶有目的性的「箭」。

相愛的兩人間，存在一把捲尺。愛情，是為了拿掉這把捲尺，以便再拉近些彼此的距離。而儘管使盡全力拉近距離，有別於實際的感覺，彼此的距離很難因而變得接近。當我們處在愛情的狀態時，怎麼可能相信存在幾公分的距離才是恰當呢？

渴望愛情的心，占據著一片渴望被愛的寬廣「大陸」。愛情，是唯有愛自己的人才有辦法做得到的事；愛情，也是證明自己的方式。於是，那片大陸的欲望，漸漸遼闊得雙手無從掌控，從此，病入膏肓。

有個長長的詞彙，擁有世上最長的解釋，同時也有著簡明的意義，更是難以翻譯成世上任何一種語言，這個詞就是「Mamihlapinatapai」。這個由生活在智利最南端島嶼的少數民族——Yaghan族使用的詞彙，意思是「明明雙方都有同樣的感覺，卻期盼對方能先表達心意，而在兩人間流竄著既沉靜又焦急的微妙眼神」。憑藉著極長的解釋與難以被翻譯成他國語言，據說因此被列入金氏世界紀錄。

對於需要愛情或渴望愛情的人而言，這個詞彙簡直量身訂做。雖說愛情的定義無法用單一詞彙揣摩，但這個詞彙足以形容愛情。愛情與「正確答案」相距太遠，於是，愛情索性拒絕了所有答案。因此，假如世上真的存在最獨一無二的「什麼」，或許就是「這個」了吧——愛情。

春天來了，花開了。花雖開了，我們的心卻因為某種預感而撕心裂肺地痛著。我們必須隨著這個春天帶來的心理壓力，變得戰戰兢兢，處於愛情的渾沌中。在無法靠愛情支撐的日子裡，於愛情的矛盾中、於愛情的重力中，必須抓緊愛情的雙

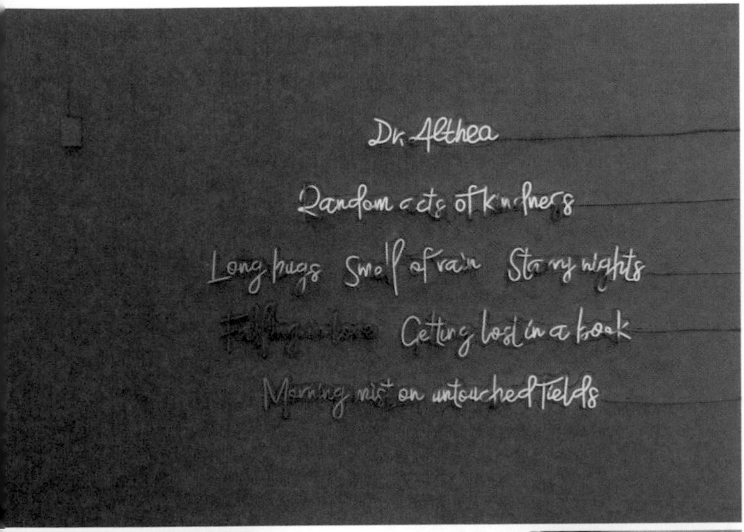

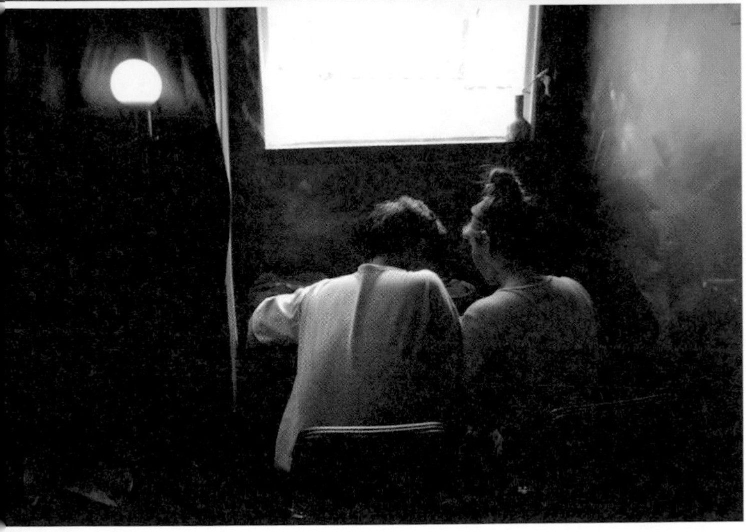

臂，來場花式滑冰。不，是因為我想不起「搭便車」一詞，才寫了「花式滑冰」。

「有人！」愛的信號

小時候玩的遊戲中，有種名為「有人！」的遊戲。由於我是在忠清道的深山裡出生、成長，因此除了來自那個地方的人以外，我從未遇過知道這個遊戲的人。難不成這個遊戲真的只有山村裡的人會玩嗎？

這個遊戲只有在日落後，完全漆黑的狀態下才能玩。參與遊戲的人數最少需要四人，人多時，超過十人也無所謂。其實，這是人越多越好玩的遊戲。首先，集合所有參與遊戲的人，然後分成兩隊，假如有十人，便分成五對五。沒有月光時，兩隊各拿一個燈籠，開始進行「躲藏」的遊戲。

一隊好好地躲在隱密處後，朝著夜空大喊「有人！」負責找人的另一隊，則沿著聲音的源頭開始搜索躲藏的一隊。當負責躲藏的一隊隊員眾多時，自然很難忍住不出聲。再加上，當找人的一隊開始搞笑的話……

「有人！」意味著「讓人知道這裡有人的聲音或跡象」，換句話說，「有人！」這個遊戲，是只要我告知自己的位置，你就會來找出我的行為。

若為了不想被發現「有人！」而躲在得把整座村莊翻過來

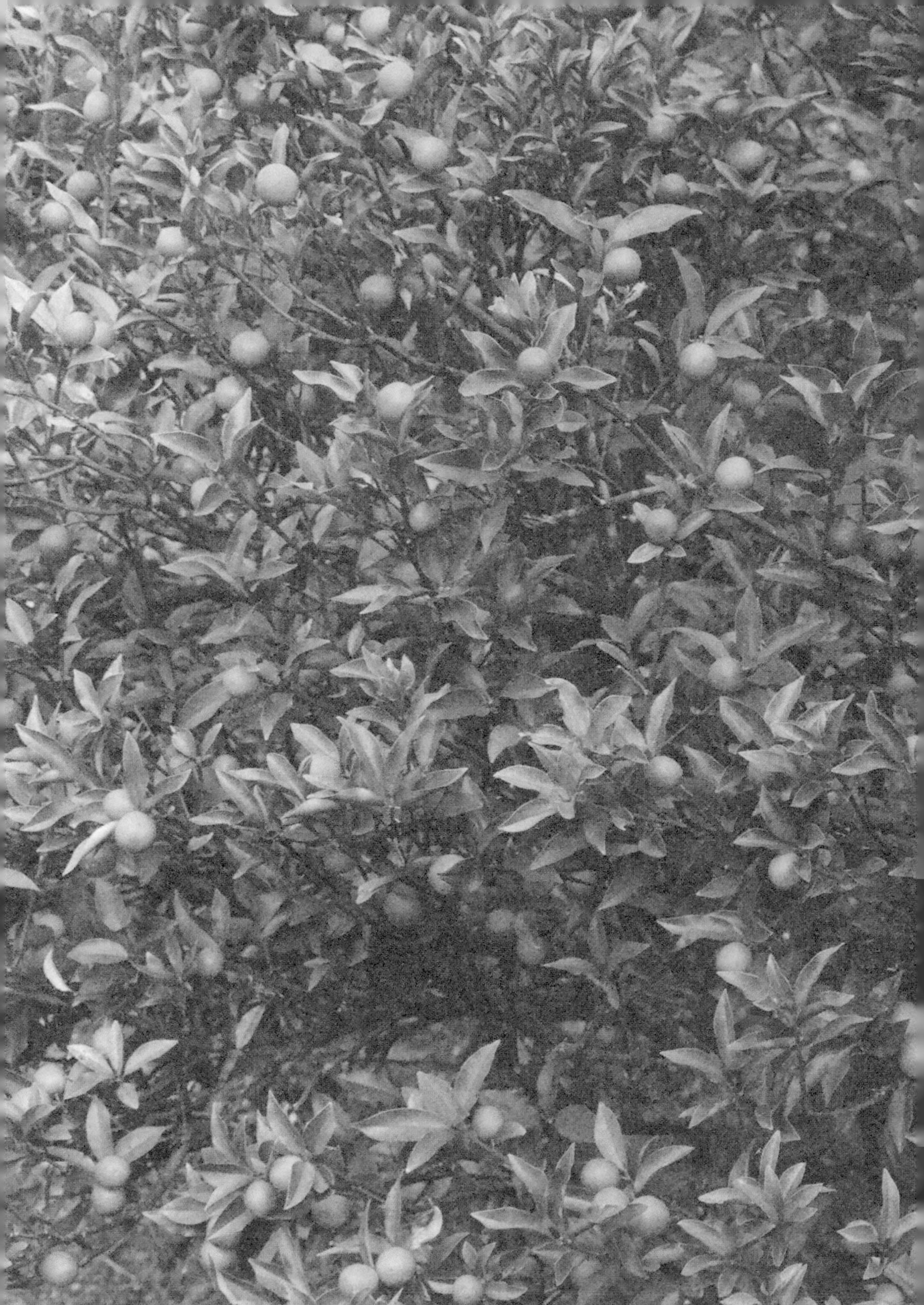

才找得到的昏黑橋底，或某人家的倉庫，因此，若沒有任何人找到自己的話，那一夜有多恐怖自然不在話下。

必須趕快發出聲音才行，不能就這樣一個人繼續待下去。千萬別相信有人在自己附近，也別相信月光會替自己告訴對方你在這裡。不要用粗魯的聲音，盡量越像樂器、越溫柔越好，盡量，越像那個人越好。

當然，就算喊著「有人！」卻仍無法察覺那聲音的無心人，也只能借助月光的能量了。

我覺得，愛情沒什麼特別的，就只是「有人！」的遊戲。我討厭想像自己沒有被你看見的畫面，於是我像演戲一樣喊著「有人！」引起關注。

你因為我的出聲，產生想問候我的念頭，產生想和我共進晚餐的念頭。

在造訪某間陌生咖啡廳或漆黑巷弄後，從中頓悟的事情之一，或離開的某人留下的情感聲音，往往會紋絲不動地重複繚繞著。我們曾在那個地方發出的微弱心聲，也會被世界細膩地錄音下來。

我本來應該再發出更多聲音的，但因為害怕會成為沙沙作響的噪音，害怕會成為某種妨礙你的刺耳之物，於是我一次又一次地吞回自己的聲音。

我相信美國印地安人說過的話：「所有人的團結，讓我們成為一體。」

宛如魚擺動著鰭似地，
面臨著得大喊「有人！」的瞬間。
當這個瞬間到來時，必須全數使用八十八個琴鍵才行。
必須擺脫每個琴鍵都是強音的壓迫感才行。
當未曾察覺「有人！」的你，轉身凝視著我，
因而開始一段愛情時，
我們才懂得自己又多活了一次人生。

,,

開始愛情的那句話

假如這個地球上只存在兩個國家，會如何？假如其中一個國家住著「想要幸福的人們」，而另一個國家住著「不想要幸福的人們」，會如何？

雖然「不想要幸福的人們」人數不多，卻是一群不盲目、相信「只有幸福才是一切」的人。

索性消除國家的概念。假如將「可以隨心決定前往地球任何地方的晶片」移植到我們身上，會如何？假如有些人選擇規畫一幅巨大的藍圖，前往地球各地生活，有些人則選擇維持在狹窄的範圍內原地踏步，會如何？

我們每天從鳥籠的一角，前往鳥籠的另一角上班。對天空仰望了許久，對空飯碗注視了許久，於是恐懼或放棄移動到另一座鳥籠。

人，總在自己的世界內不停來回踱步，談及幸福時，缺乏了能舉例的東西，缺乏想去的地方，連應該好好生活的時間都缺乏。我們誕生在滿是缺乏的世界，感覺就像被遺棄般。因此，只要能稍微拓寬我們的半徑，無論是什麼，我們都樂意為其傾注一切能量。

然而，我們根本不清楚所謂的「什麼」，究竟是「什麼」。連自己都不清楚的事實，依然在夜幕降臨之際，拉上棉被，猶如覆蓋傷口似地蓋住心臟。

一位後輩為了愛情煎熬著。如同我所熟知的感覺，後輩也正在切實地經歷著。

是因為愛情太細緻了嗎？或是因為比任何人都想保護自己？不要問為什麼愛情是這副模樣。愛情的一切，使人執著。歷經千辛萬苦才牽起手，卻又得歷經千辛萬苦才分手。

「和女朋友……交往得還好嗎？」

他回答得並不乾脆，看起來是關係有些阻礙，難怪來露營場的沿途，車內的氣氛會是那樣……

「我喜歡前幾天和你一起見過的Ａ，我認為Ａ和你很合……」

後輩出現了兩種反應。一方面完全對我的話產生共鳴，另一方面卻又覺得我的話像是絲毫聽不懂的外文一樣，畢竟，他仍和女朋友交往中。

交往中，不全然等於相愛。正在交往的她提過幾次分手後，現在已經開始在消耗感情積蓄了，而拖拖拉拉地想修補這一切的你，單純是基於理性，而非源於你靈魂的驅使。什麼意思？就是要你靜下心來問一問自己的靈魂——關於你的愛情。

不要自顧自地覺得知道答案，而是要你向愛情問一問「問題是什麼？」「問題從何而來？」

人們只顧著在乎公寓的坪數，卻不關心公寓空間的高度，我對此感到相當驚訝。不同的公寓，有各式各樣的高度。「高度都固定那樣啊」和「愛情不就是那樣，不管和什麼人在一起，生活都一樣」的思考方式十分相似。活在限制內的人類，終究擺脫不了限制。

我要後輩去找點木材回來。在後輩找回來的，堆得高高的木材上劃過火柴，點燃篝火。在熊熊燃燒的火前，將想說的話燒毀殆盡。接著，我開口說話。

我告訴後輩，「移情別戀，開始愛吧」。

在這個狹窄的世界，不僅狹窄，甚至短小，越不去愛，只

會讓我們的鳥籠面積與時間漸漸短窄、縮小。僅有一次的人生，究竟得愛過多少次，才懂得在愛情面前容忍愛情？

因此我說，「開始去愛吧」。

這句話的意思不是拋棄愛情，只是在說，開始愛吧。

想見的人，終究能見

小時候，不知道雙頰是否各鑲了一個顏料桶，我總是動不動就臉紅。只要和別人對上眼，就像地上有什麼東西在晃來晃去似地，雙眼便會立刻往下看。你大概是和其他小孩一樣吧？

爸媽毫無計畫地帶著姊姊們和我這個弟弟北上，一家從此展開的首爾生活並不簡單。不簡單的日子一天接著一天過去，直到某日，我猛然起身，便匆匆拎著書包離開家裡。當然，當時小小的家裡一個人也沒有，很可悲。我被「只要沒去上學絕對會惹來一頓責罵」的念頭微妙地壓迫著，終究還是轉往學校的路。那時，有位大人向我搭話，平時絕不可能回應的我，很慶幸自己當時回應了。

「你要去哪裡？」

那是我第一次見到看起來像大人的青年。當時他騎著一輛在市場常見的那種又黑又大的腳踏車。

「上學。」

敏捷地跳下腳踏車的青年說道：「是喔，那我帶你。」

我不想，基於某種對陌生人的警戒心，再加上，我很清楚去學校的路。於是不打算再繼續和他對話的我，壓低視線，只顧著專注地走自己的路。他牽著腳踏車，跟上我的腳步，追問著「你讀哪個小學？」「有幾個好朋友？」「老師是什麼樣的人？」之類的問題。隨後，我因為他的一句話僵在原地。

「你看看路上，連一個要去上學的小孩都沒有。只有你要去學校，你把什麼忘在學校了嗎？」

「啊……」

站在他的立場而言，在與我差不多年紀的小孩早該回家的時間，揹著書包去上學的我確實太奇怪了。天色非但不早，還正在慢慢轉暗。八歲，初夏的傍晚時分。

不管再怎麼假裝，當我依然覺得無法獨活於世時，偶爾會勾起那天的模糊記憶。只因每次愚蠢、魯莽地翻越青春的路途時，總與午覺睡過頭，而搞錯出門時間的童年上學路，赤裸裸地重疊。

真的可能在缺少某個人的保護之下，好好活下去嗎？更何況，連仙人掌都必須依賴基本的自然環境要素才行……少了某個人補充要素的生活，究竟會如何？

當時，我從一個陌生人口中，聽到那句：「我帶你」。

那是我去日本山形縣名山「羽黑山」時的事，恰巧遇上了幾所高中學生團體前往登山。當我擔心起自己原本期待的靜謐登山行是否會受打擾時，和學生們對上眼，他們精神抖擻地向我打招呼，我便覺得這樣彼此問候其實並不糟。那個時期的孩子們，是如此健康、愛笑、滿滿的靦腆，並且認為「每天只要一醒來，就全是屬於自己的時間」，因此，早點讓他們感受高山獨有的氣場確實是件好事。

快抵達山頂時，暫時休息了一下。某處傳來女學生的聲音，引起了一陣騷動，於是我轉過頭，看見一名正被其他孩子們包圍的女生。那位女生的個子非常高，而孩子們紛紛搶著向她索取簽名。原本因爬山累得垂頭的學生們，宛如被灑了水的植物般，朝氣勃勃。

儘管有些不尋常，但聽見孩子們稱呼她為「學姊」後，我也跟著移動腳步到她們身邊。我豎起耳朵專心聆聽——她出身於女學生們就讀的女中，是位排球選手，應該是非常知名的明星球員。那些孩子們該有多高興啊！在其他學校同齡孩子們羨慕的目光中，可以感受到她們獨有的喜悅。孩子們想必會把那次登山行巧遇大人物的強烈回憶寫進當天的日記，或永遠刻在心上。

我曾想過，所謂的偶遇會不會是校方刻意「事先安排的巧合」。如果是學校為了讓孩子們偶遇，而特地邀請學姊現身的話……單憑想像，我的心底不禁滾燙了起來。

我始終相信，人生的重要速度往往來自經典畫面的引導，人生的重要方向亦然。因此，倘若還青春，必須隨時準備好會遇見經典畫面裡的主角。我們總是混淆了偶然與命運。偶然也好，命運也好，務必都要以身捍衛「有能力親手創造機會」的想法。

青春的我，曾傾盡全力扶自己起身，卻反而被自己壓抑在那股全力下。當時的我並不知道，必須在內心深入、扎實地建造一根堅穩的柱子。

為什麼當時的我，沒有去找些擅長某個領域的人、想效仿的人、想追隨的人、想認識或說話的人呢？至少，如果我能早

點明白他人的影響會成為自己的防護罩，或許那場青春的暴風雪就不會那麼艱辛，而是能勇敢闊步地走入暴風雪中，遇見一幕幕經典畫面。

必須掌握這場人生。不要去等待會在人生途中遇見什麼人，而是決定好要遇見什麼人，而後將他設為人生的主角。「想見的人，終究能見」的信念，會將我們「帶」到那個人面前。這份信念的雲，將長久地跟隨我們，在我們厭倦時灑些水，在我們乾枯時補充滿滿的濕氣。

青春，理應壓制人生。

”

即使在述說自己究竟是什麼人時，
我們也該選擇

我坐在髮廊裡，替我剪頭髮的女士，確認完頭髮之前修剪的狀況後，邊溫柔地將頭髮梳往同個方向，邊問道：「是這邊吧？」原來她是在問梳頭髮時的分邊方向。我又去了那間髮廊三次，每次她都會問：「是這邊吧？」好幾次我想開玩笑地告訴她是另一邊，但忍住了。離開髮廊後，好想無視汽車不會經過的交通號誌便直接跨越馬路，但忍住了。

我與一向尊敬的神父去了趟求禮郡的華嚴寺，那是個意外風光明媚的春日。和那裡的幾位僧侶一起喝了些茶，不過，我沒有任何宗教立場，或許是因為這太過充足的時光吧？走過開滿櫻花的下坡路時，我靜靜地問自己：「是這邊嗎？還是……哪邊呢？」

在必須做出選擇的剎那，相較於馬上選擇，不斷積累的猶豫時間似乎更符合日常；但不知從何時開始，我決定不再猶豫了。無條件選擇後，即使後悔了，也會莫名有種人生推動了些什麼的感覺。在猶豫該說與不該說間、該吃什麼特別的食物間，無論如何，我都會先果斷地做出決定。結果並不差，決心成為「任何事都先試著闖一闖再說」的類型後，不會只換來不

好的結果。

該走這條路嗎？該走那條路嗎？走這條路的話，好像很快就能抵達，卻完全沒信心；走那條路的話，好像得多繞些冤枉路，有時卻又命中註定般，勢必得跟隨地圖而行。

勉強相處的關係固然存在，但當只有一人單方面投入過多感情，這段關係自然會流於無趣。如果對方聞風不動，唯獨我火冒三丈，我便成了怪物；如果對方對我零分關心，我卻愛對方一千分，我同樣是怪物。儘管如此，依然相信「只要再忍一忍，就能漸漸扭轉自己與對方的角色」一事，豈有如此簡單？

當我向他人述說自己是什麼樣的人時，我們也必須選擇。即使無意識，我們也總是佇立於選擇前。「二選一」，做選擇時，往往自然得讓人無從意識。從前也是如此嗎？假如出生在兩百年前，同樣得像這樣面對難以數計的選擇嗎？瑣碎小事也好，重要大事也好，選擇與幸福息息相關，不存在不幸福的選擇。因此，選擇也可以說是「競爭」的另一種概念。

換句話說，正是二選一。

一個人比較好？兩個人比較好？

不是一起，而是一個人去酒吧、一個人去電影院、一個人去旅行、一個人獨處的時間。這些選擇不是受某些東西驅使的行動，亦不是痛苦地潛行。在一個人好像也無妨的瞬間，也會想和某個人四目相交，進而因簡單的眼神交流獲得慰藉……哪怕只能短暫處於自在的狀態，也會毫不猶豫地做出這個選擇。

是個在乎別人目光的人嗎？不是嗎？

是個善於聽別人說話的人嗎？不是嗎？

是個耐得住寂寞的人嗎？或是只要一寂寞，便會按捺不住，非得去找個人呢？

是個很會收東西的人嗎？或是經常找不到東西收在哪裡，一天到晚都在四處尋找的人呢？

吃雞腳之類的食物時，是個戴左手手套的人嗎？是戴右手手套的人嗎？或是討厭戴塑膠手套的人呢？

是個不管任何人到處說自己的事都無所謂的人嗎？還是立刻就會忍不住憤怒的人呢？

是個樂於露臉的人嗎？還是樂於藏起臉孔的人呢？

然而，我們無論透過任何方式都會明白——藉由選擇的過程，才終於明白屬於「我」這個人的剖面，才終於明白，對自己而言不過是口味普通到不行的「我」這個菜單，對某人而言，卻是那般與眾不同。

愛情亦然。相愛時，以為只有愛情——因為「愛情」高聳如喜馬拉雅山，因為「愛情」讓我生氣盎然。

直到愛情結束後，才懂得在愛情之外還有其他。本來以為一旦愛情告終就會死去，卻在某天振作了精神。看來，我還打算存活下去。

於是，我們連過去的每一個碎片都要選擇。重新翻出「當時不該那麼做」的片段，重新設置成自己期望的畫面。就算是因為自己的觀點、自己的固執而成為不太好的記憶，也要使用名為「時間」的罩紗，過濾並改編當時的事，甚至還要將其改成「沒那麼糟的記憶」，把一切能讓自己覺得舒坦之物搓揉成團。只因這也是一種記憶，萬一就此過去，便什麼也不是了。

正因清楚一旦過去盡是黑暗、痛苦的事，未來的日子也將充滿黑暗、痛苦，所以才基於本能地改寫記憶。

從現實挖掘出來的東西，哪怕只是零碎的片段，也能化為力量。哪怕是刻意巧立名目的選擇，也將是支撐我們活下去的強大力量。

投入愛情時，就算愛著你的背面也無所謂——雖說比起愛你的正面，不那麼耀眼，卻也不那麼痛苦。雖然膽小，但也唯有膽小，才能減少一些痛苦。

”將自己置於通風的狀態

誰也抓不住風；風於是成為唯一抓不住的東西。

校閱著作家李起周（이기주）的散文集《曾經珍惜的一切》（한때 소중했던 것들，暫譯）的我，暫停書桌上的進行式。讀了作家在文稿裡提及電影《白蘭》後，喚醒了從前的記憶。很久以前曾見過演員崔岷植（최민식），並小酌了幾杯，當時崔岷植剛結束《白蘭》的拍攝工作，正等待它上映。他邊說著自己還沒辦法完全脫離劇中的角色，並用角色的身分活了數個月，邊連續乾掉了幾杯酒。

「我演過很多角色，但這次的角色真的、真的太痛了。」

他在那之前（當然之後也是）飾演過無數角色，都努力地活在那些角色中，並用心守護著那些身分——我記得自己同時也有種「啊……原來演員是過著這種生活，有血有肉」的感覺，也因此覺得更貼近演員內心了。揣摩著他的立場之際，我濕淋淋的腦袋也漸趨沉重。他流淚了，而且還一口氣傾倒出會讓身體蜷曲的大量淚水。當親眼目睹一個人褪下皮囊的瞬間，我們很難不為他著迷。

我反對不流淚的人生。我明白，如果我們唯有流淚才能活下去，確實比拚命不讓自己流淚的人生來得容易許多。眼淚，從此成為無法阻擋的東西。對於結束拍攝工作後，依然處於無法輕鬆抽離狀態的他，甚至連回歸日常都如此艱辛，卻還是得想盡辦法緊擁著自己繼續生活，這不禁令我肅然起敬。是啊，有些痛苦毋須刻意迴避。儘管本人或許不知情，但倘若那副模樣不是堅毅地捍衛著自己的人生，那什麼才是呢？

是認識她多久之後的事呢？L是以讀者的身分與我相識。

「李秉律是為了什麼而寫作？」

我霎時在搜尋答案的途中迷失了。

「您寫作，讓別人讀您的文章的理由又是什麼？」

果不其然是更困難的問題。

L接著說：「是為了保護自己。為了保護自己不被送往任何地方，才默默地、堅定地保護著自己。神正由上至下地俯瞰著保護自己的你。」

於是，我問道：「保護自己，是件難事嗎？」

看似簡單卻又不簡單的問題，我無論如何還是問了。或許是因為自己根本不喜歡寫那些所謂的文章，我才會這麼問。

「這不正是世上最難的事嗎？我們總是輕易地為了某樣東西失去自己。老天給了有限的範圍，我們卻經常想脫離……或許對我們來說，摧毀自己才更容易。」

讓我變得嚴肅的，當然不是那句話，畢竟我也想照一照CT電腦斷層掃描，了解是否正在過著摧毀自己的生活。然而，我很清楚，當人過著保護自己的人生時，勢必會有一隻保護著自己的小鳥坐在頭頂。只是直到現在，我的頭頂仍沒有小鳥。

我種植物的關鍵原因，固然是基於對植物的喜愛，但若要說有什麼更大的原因，絕對是因為種植物很辛苦、很困難（「喜歡卻困難」，或「困難卻喜歡」這句話，莫名有種讓人振作精神的感覺。因為買植物時，就算照著老闆告知的水量澆淋，植物還是會死掉）。

怎麼可能獨自一人？怎麼可能因為獨自生活就不照顧任何東西？儘管植物不會和我說任何話，但只要我和植物說話就可以了。原因在於，我清楚倘若自己不和植物說任何話，它們就會在這個「只能活一次」的世界從此枯萎死去。如同踏足我世界的無數植物，我時常想送些適當的危險因子給自己，並因此活出「我」。

世上所有生命，都會盡全力維持性命直到死去。死去時，會以任何形式留下自己的聲音——無論是輕輕吭聲，或是把五臟六腑濺出「碰」地一聲。假如我能聽得見，我好想聽一聽在與世界道別時，自己的身體究竟會滲出什麼樣的聲音——想必不會是什麼胡言亂語、對某人喊話，或是回顧自己無法擁有之物，然後說些悲痛的話吧。

不知從何時開始，我將自己稱為「扇子」。雖不會有任何人這樣稱呼我，卻成為我不停鼓舞自己活下去的原因。就算沒有發生什麼多偉大、轟轟烈烈的事，但這麼做可以成為一股小小的動力。當有人問我究竟該如何活下去、不清楚自己該做些什麼時，身為扇子的我，能伸手遞上一顆火種，然後為此搧風點火，因而做出這個「決定」，稱自己為「扇子」。倘若我不能為自己搧風的話，怎麼可能獨自活下去呢？倘若我的人生連這件事都無法為別人做的話，我又怎麼可能散發任何光彩呢？

☐以任何形式盡全力
☐選擇艱難而非簡單的路
☐不以虛偽包裝自己
☐不為他人設置的情境起舞或淪陷
☐具察言觀色的能力，但不受他人好惡影響
☐讓模糊的人生變得清晰
☐不被創傷蠶食。製作「創傷徽章」，堂堂正正地別在胸前……

以上是從「過著保護自己的人生」超過五萬種的要素中，選出的幾項。

不用再列更多要素，光是這些，就足以讓未曾痛過的地方感到痛楚。其實對任何人來說都不是難事，只是會覺得很煩。

（啊……在撰寫這段文字期間見過的朋友，要我去一趟精子銀行。說是趁健康、年輕的時候，趕快把「那個」保存起來。啊……這是基於哪種觀點，要求別人保護自己呢？上網查了一下，取精的費用是韓幣二十萬元，保存費用另計。問題是，為什麼要花那麼多錢，把那些液體……）

我不期望幸福。所謂「幸福」，真的是……這個詞，讓人變成奴隸。相反地，我只相信在自己體內分裂的幸福細胞，於是，我下了一個咒語——停止為了幸福，而做出導致自己身心俱疲的一連串行為。

我不希望自己的人生被一、二個詞彙牽制。不希望自己被強迫該堅信什麼，或是該呼吸何種空氣；不希望自己被強迫必須是單一顏色。於是，我決定將自己置於通風的狀態。

我希望，你也是如此。

我們就是那樣
各自生活的

柿子樹的主人，是路過的鳥們。
而這個家的主人，是貓。

因《名為「你」的鎮定劑》（당신이라는 안정제，暫譯）一書結緣的金炳洙（김병수）老師，寫下了這段訊息。金老師在我位於濟州島的工作室待了幾天，剛好因為這幾天天氣開始轉涼，而掛念著他是否安好之際，收到這則訊息。濟州工作室的庭院除了有幾棵橘子樹，還有兩棵柿子樹。如果一路看著淺綠色的柿子結果，直到變成紅色的過程，即使柿子樹上的柿子完全成熟了，很多時候也會不忍採摘那些柿子——太討喜、太美好了，因此，被鳥們占據成為理所當然的事。眼看著喜歡柿子樹的鳥們蜂擁而至，我故意放任。

於是，訊息才會提及鳥們是柿子樹的主人。至於下一句，大概是說在我們家進進出出的黃色小貓。我不自覺泛起微笑。每次想起那隻小貓，總是不由自主露出這副模樣。

實際上，不管是大門或玄關門，濟州島人幾乎都是完全敞開並自由出入。原因在於，受情感效應影響的他們，相信特意

關上家門的人，一定是為了隱藏某些特殊的東西。就算不是這個原因，我有陣子也經常開著大門或家中的門。

某個深夜，就在我回到工作室，剛攤開棉被躺平之際，書櫃那側傳來一些聲響。只是，若要說究竟是什麼樣的聲響，顯然是來自某種生物，而且聽起來體型應該不小，是老鼠嗎？當我又聽到同樣聲響兩、三次後，我打開昏黑房間的燈，迅速收拾了一下書櫃。一拿開三、四本書，即可從原本放書的位置看見另一側糊著壁紙的牆面，有個小物體向更深處移動，並悄悄地躲了起來。揭曉了，天啊……非但不是老鼠，還是老鼠的相反詞——貓，而且是一隻非常小的貓。

對峙的時間持續長達幾分鐘。瞬間，輕鬆被我抓進手裡的小貓，鬆懈渾身力氣，變得軟綿綿的，露出求饒般的眼神。

「你想和我一起生活嗎？」

說出這句話的我，也有著很大的疑問。我一個月只南下一次工作室，怎麼可能養這隻貓？曾經思考是否該帶牠回本島，但像我這麼常不在家的人應該養的不是貓，而是飛機。

每次到濟洲工作室時，都能在庭院發現貓屎。大概是在宣示自己是屋主吧？好，就讓你當屋主吧。我會偶爾來向你借一下房子，也不會讓你發現「如果我要養寵物的話，最想養的就是貓」的心思。

濟州工作室的庭院本來有個倉庫。把倉庫拆掉改建成廚房後，擺了一張適合四、五個人使用的桌子，但光是一張桌子就填滿了廚房。由於沒有另外安裝暖氣，因此是個冬天必須燒煤油暖爐的有趣空間。燒木柴固然別有一番風味，但始終覺得為此燃燒生長於這塊小土地的樹木實在太可惜了。

一到冬天需要燒煤油暖爐的日子，暖空氣便會從後院的小窗戶滲出，讓那個地方也變得暖和。等到深夜，關掉暖爐後，煤油暖爐的暖氣未完全冷卻前，便能從室內感覺到，小貓在外側窗框伸長身軀躺平，度過夜晚時刻。當然，白天的情況並無不同。

小貓自然不可能聽得懂「想進來裡面嗎？」假如聽得懂，顯然也是看都不看一眼便回答「不用，我不想進去」的傢伙——不知道都跑去哪裡吃東西，體型越長越大了。

有次，遠從澳洲來的客人住進那間房子，開始體驗在濟州生活的第一天，忽然傳來語氣顯得有些焦急的訊息——看來是抵達的客人一進到屋內，見到一個奇特的生物占據著房子。

「請問這裡本來就有養貓嗎？」

並沒有。空房子怎麼可能養貓？霎時，我的腦海浮現小貓在家裡庭院悠哉漫步的模樣——那隻已經光明正大地擺出「這是我家」姿態的小貓。

總之，他們說小貓跑進屋裡了。而且客人們一入內，牠便嚇得魂飛魄散、東闖西撞，急著要找出口。小貓一定嚇壞了……客人們也一定嚇壞了……

是風把後門吹開了嗎？又或者，是我之前待在那裡的幾天，急急忙忙地把庭院的事處理好，準備返回本島之際，牠悄悄跑了進去吧？小貓沒有其他意圖，只是單純把那裡當作自己家才進去的。既然如此，小貓應該被關了一整天。一想到牠大概不會接受我的道歉，心裡不免有些難受。我說的是，牠可能記不得自己小時候糊里糊塗跑進屋裡遇見我，結果被教訓了一頓的事。

在清風和煦的日子，庭院的櫻花隨風飄散之際，或在下雨、下雪的日子打開門，小貓總會非常自在地路過庭院，然後瞟我一眼。接著，像個主人似地，穿過庭院。後來又有一次，牠大搖大擺地走出敞開的門，然後在遠處的宅邊農地找了個位置，於盛開著情人菊的墳旁，伸長身軀，慵懶地躺下來睡覺。偶爾也會叼些難以形容的小動物回來。只是叼回來，而已。

難道小貓是在等我？不是的。牠沒有想和我一起生活，只是喜歡獨處；今天也想在沒有任何人的那間屋子裡，找個地方放鬆心情。我們就是那樣各自生活的。

盛夏夜的演奏會

這是關於日本的故事，不，只是單純的民宿故事。坦白說，我不太習慣民宿，原因只有一個：必須不停與人接觸。必須打招呼、必須控制神情、必須留意公共空間有沒有人、必須和陌生人睡在同個房間等，我實在不太行。儘管試過幾次，依然無法。

不過，我還是喜歡偶爾與某些人接觸，而且等到年紀大了，我想在海邊村落打造一間民宿。因此，對我而言，在民宿住幾天，反而有點像是觀賞了一部「起初態度為難，結局情感翻騰」的話劇，也有點類似「撐著陽傘出門，巧遇突如其來的西北雨」的橋段。

位在日本山形縣的民宿米塔羅山屋（Mintaro Hut，取自紐西蘭的湖名。老闆以自己在紐西蘭之旅留宿的同名民宿命名）很特別。首先，老闆佐藤秀夫先生每晚會親自下廚，客人們可以自行買些酒或食物一起分享，但就算兩手空空，同樣能參加酒局。秀夫先生的料理實力十分了得，從包餃子到完成料理上桌，整個過程花不到二十分鐘，對肉湯、沙拉、炸物等料理也無所不能，絕對是非常非常喜歡美食的人，也絕對是像我一

樣，非常喜歡餵別人吃美食的人。每晚他會營造好氛圍，讓少至三、四人，多則超過十人齊聚一堂，與初次相見的人打招呼，然後天南地北地暢聊。至此，或許仍只是民宿常見的景象。

酒局差不多要解散時，不，應該說無論酒局解散與否，只要一到晚上十一點左右，秀夫先生就會默默繫上運動鞋的鞋帶，開始約十公里長的夜間散步。我偶然跟著秀夫先生外出，實在很難不被他的走路速度嚇到——不是嘛，喝了那麼多酒，竟還可以走這麼快？

當我詢問他每晚無論下雨或下雪都以那個速度走路的原因時，秀夫先生僅簡單答了句：「走路成癮。」這樣的人，自然擁有一副結實的體態。我連續幾天吃了「很多」他料理的食物，也幫忙洗碗，還親手製作韓國料理，漸漸拉近與秀夫先生的距離。或許是因為每晚加入他的散步行程，我心理上才一下子變得跟他親近許多。不，說不定是因為問了只顧準備卻不太吃東西的秀夫先生一個問題後，他的一句答覆，讓我不禁想更親近地觀察他。

「為什麼沒有把食物吃完呢？」當我提問時，他是這麼回答的：「都是些早就清楚的味道了。」

天啊……居然因為是「早就清楚的味道」，而不再放進嘴裡？讓人既無法回嘴「原來您不是人，是神仙啊！」也無法動怒破壞現場氣氛，這是最高境界。

我想，我該過著那樣的生活。吃太多的我，儘管沒有很餓，還是會狂吃，我該朝著那個方向學習……此刻我隱約有些惱火，加上一點輸家的感覺。即使對「吃」很節制，秀夫先生卻喝大量的酒。如果問他為什麼喝這麼多酒，我很清楚會換來什麼答案，所以沒問。舉例來說，像是這種答案──「因為必須喝酒。」

我一直都蠻重視自己獨有的瑣碎意識。所謂「意識」，似乎很難，但對我而言，並沒有多偉大。

生日時，獨自一人安靜地旅行；喝完酒，在回家途中，折摘隨處生長的植物；雖不知登上高處時為什麼會想起喜歡的人，但還是放肆地想起他；蒐集酒杯、咖啡杯；默默愛著一個人，卻不讓對方知道；盡可能獨處……

這一切都屬於「意識」。若非如此，實在抵擋不了累加於人性之上的寂寞與無趣，因此才必須經常讓這些意識昇華，發展成「慶祝儀式」；況且，人類本來就是不盡可能默默表現，便無法好好活下去的物種。光是與不吃東西的秀夫先生一起走路，我便可以推測他的生活方式或許正聚焦於自己獨有的「意識」。

米塔羅山屋裡，住著四位年近七十的男子。定居於札幌的兩位男子，在圖書館乏味地翻閱著古書時，忽然像是想起什麼似地，打了通電話給住在遠方的老同學，因而開啟了這趟旅程。四人曾是山形大學的同學，而後散落在不同地方生活的他們，睽違十七年後重逢，踏訪山形的每個角落，嘗試喚醒流逝的青春時光。重回大學校園，攀上天文台觀星後，突然決定造訪學弟的家，打算給他驚喜。

我很享受和他們一起共度的酒局。帶著對彼此的好奇，我得知他們擁有音樂背景，也專注地了解他們大學時期投身樂團的故事。恰巧有兩人帶著吉他、一人帶著直笛來旅行，剩下一人則是受其他三人影響，匆匆忙忙在這次旅途中也買了直笛。

我趁著醉意搧風點火。

「離開前的最後一晚，舉辦一場表演。想必會很美好吧？」

兩天後，我們舉辦了一場演奏會。不期待能有任何成果的我們，僅用原子筆在A4紙上寫下曲目，製作了演奏會的節目單。表演團體的名稱為：Sakuranbo Recorder Quartette（櫻桃直笛四重奏，Sakuranbo是「櫻桃」的日文，山形縣的初夏是櫻桃的豐收季）。民宿一響起高級的古典樂演奏，四處隨之竄起煙火。原本靜靜擺著的筷子與酒杯，抵擋不住音樂的餘震，於是開始起舞。瞬間，我感到悲傷。面對美好便會變得悲傷，是我的意識。我心裡想著「這就是我的慶祝儀式吧？」震耳欲聾。當晚，聚集了那個地方所有星星的能量。

關於初老的四位男子演奏的不是音樂，而是人生的意義一事，毋須贅述，無法再附加任何讚美。來自札幌的老人家結束演奏後，對著我說道：「本來以為到了這把年紀，已經無事可做了，卻莫名其妙跑來這裡，還在陌生人面前完成這件大事。

雖然是被推著上前演奏，但扣除表演得不好這件事，真的很訝異自己仍能經歷這些時光。我從來沒想過要去韓國，現在卻變得想去趟韓國了……如果有來札幌的話，你願意與我見個面嗎？」

夜已深的那晚，秀夫先生和我依然繫緊運動鞋的鞋帶，趕忙地踏上盆地漫溢著熱氣、未冷卻的夜路。

為了
不讓心情急速惡化

家庭很美好。但對獨居者而言，「家庭」不過是種單位罷了。舉例來說，當出席後輩們的結婚典禮時，總讓我思考一件事——自己能否在那天之後，以對待後輩的同等態度，對待他們的另一半。而這個問題，後輩大概一次也沒想過，且完全不明白——畢竟結婚的人是乘著波濤而行，但周圍的人乘的卻是餘波。

對我來說，無論透過什麼方式與一個人維持一段關係，自然可以隨著時間流逝，建構成親密關係。然而，要迎接另一個人，成為自己的丈夫或妻子，甚至還得加上陸續誕生的下一代，一點也不容易。本來以為像過去一樣，只與當事人約好便能單獨見面，實際卻得面對對方的妻子，甚至是小孩時，我感到很疲憊。好不容易才約好時間，既不能專注於某件事，又得費神顧東顧西，最後形成身心俱疲的局面。

提起「家庭」，我會想起兩段故事。當然，是非常煎熬的情境。

那是在同輩作家的慶功宴上。在文壇，結束文學獎頒獎典禮，自然地接續酒局的機率是：百分百。不同酒吧的情況不同，但由於餐桌之間隔得較遠，因此每張桌子都是鬧哄哄地談論著各式各樣的話題。各桌的狀況當然也隨著時間一點一滴過去漸趨混亂。我在這期間，被一位想必是當天得獎主角的妻子——一個初次見面的人——教訓了一頓。第一個關鍵是，每位出席的人都獲贈一本得獎作品集；第二個關鍵則是，我在談話時，把原本收在包包裡的得獎作品集拿出來看完後，便隨手放在桌上。一瞧見從啤酒杯上流下的水珠浸濕了書的封面後，作家的妻子隨即走近說道：「不是嘛，這可不是什麼隨便的書耶……整本書都濕了。」

「啊，對不起，我不知道才……」

「應該小心點才是啊，這可是收錄了今天獲得文學獎作品的書耶！」

她使勁搶走原本我握在手上的書，用自己的袖口擦了擦，無視我為了接回書而伸出的手，一把將書摔在我身旁的座位後，便移動至其他地方了。

我的心情急速惡化，必須重申一次，那天是我第一次見到作家的妻子。看來她是為了參加慶功宴，特地去美容院整理頭髮，精心打扮後到這裡來的。

「不是嘛，我知道這是本什麼樣的書，知道你丈夫很厲害，也知道獎金金額很高，所以就算我沒時間出席，還是拚命擠出時間來道賀了。也就是說，我很努力了。不管書沾到什麼東西，那不都是我的書嗎？你丈夫之所以能得獎，就是因為存在我這種比你丈夫寫得差的作家，他才能取代我成為得獎者，因此也不必在大庭廣眾下訓斥我吧。」我強忍諸如此類的暗黑情緒，繼續坐到酒局結束，實在非常難受。

家庭如畫。但對獨居者而言，「家庭」不過是一幅矯揉造作的畫罷了。

有次，某位從事音樂工作的後輩妻子聯繫了我——之前一起碰面過幾次——突然對我說「見個面吧」。即使知道當時後輩出差到國外錄音（一方面猜想著或許後輩回國了，另一方面也猶豫著該不該開口詢問後輩是否一同出席），但基於對後輩妻子親自與我聯繫的尊重，我還是出門了。然而，只有她一人，見面的原因僅是為了「想和詩人一起喝杯酒」。

呃……嗯……這也是該尊重的部分嗎？內心抱持著「她可能真的想聊一聊我的詩」的想法，稍微提了一下關於詩的話題，但我送給後輩的詩集，她似乎連一行字也沒讀過。等我從廁所回來後，她竟迂腐地說出「詩人也會上廁所嗎？」當下幾乎感覺窒息的我，只是嘆了口氣，便匆匆結束那次見面。一般來說，一個男人遇到這種情況，回家都會握拳搥牆，我卻怕可惜了自己的手，連這點事都做不到。

結婚，原來會給周圍的人帶來這種風波，原來這些必須額外承受的事，會讓一切有別於從前，再也無法繼續延伸彼此關係的根。後來，只要一見到事件中的同輩與後輩，我就猶如被惡夢纏身的人，不斷有種與他們的妻子對視的感覺，彷彿一隻大鳥不停地用牠的喙啄咬著我的心臟。

因為這些事（假如能忽視的話，大可撇除妻子的部分），讓我對直接關聯的兩人印象分數驟減六十分左右。我開始產生不想和任何人一起生活的念頭。若因為約好的人家裡突然有事不能赴約，我會感到心酸，也承受不住本來敏銳聰慧的人自從結了婚，不知為何，原有的感覺好像被偷去哪裡一樣，忽然遲鈍得像隻熊……不知道耶……我仔細檢視了自己，雖然不清楚究竟該怎麼做才好，大概只有不結婚一途吧。

面對過去完全看不出有這種徵兆的人，一組織家庭後，便沒什麼聯絡或索性斷絕往來，曾經無法理解這一切的我，現在只覺得「是的，我想脫離三角關係」。畢竟沒有人會自願打造一段三角關係的。

我討厭垂直的程度不亞於三角，情感還是「平行」最好。我也討厭情感過剩。既然如此，究竟該將什麼東西平行擺在我身旁呢？

猶如擁刀自重的武士般，我好不容易才能變成隨身帶著印章的人。藉由這個印章，決定自己該與什麼人往來，決定是不是把該愛的人收進心底。使用這個印章，辨別與剔除因為疲憊而不想再見的人們。任何人都有一個這樣的印章，只是我擁有的印章印泥顏色特別深罷了，它捍衛我「危險卻甜蜜的獨居人生」的哲學。

我將尼克・奈特（Nick Knight）曾說過的「我只是嘗試用不同角度看這個世界」（I'm just trying to see the world from different angles.）這句話，改成了「我只是以極孤獨的角度看這個世界」。因為極孤獨，於是天空看起來格外蔚藍、音樂令人酥酥麻麻、內心變得飄飄然，任何殘酷也破壞不了自由。

我發神經似的以獨自一人之姿，忍受著世上非獨自一人的人們詢問「你是不是一個人？」即使不盼望任何結果，我依然「獨自一人」，享受為四季感傷，享受那種些許殘忍與怪癖的孤寂。於是，我問自己：「可以和你說話嗎？」

不那麼醉，
不那麼寂寞

前往遙遠的異國朗讀詩。在途中，為了備妥需要的東西，當地的負責人事先聯絡過我。對方詢問我喜好的寢具與枕頭類型，以安排活動期間的住處；除了已經準備好耳塞與碳酸水，也問了我是否有不能吃，或會引起過敏反應的食物。我是只要有地方倚著頭就能睡著的人，只要有白飯就能吃得很開心的人，所以面對這些問題，我只有滿滿的感激。雖說一點小意外就很容易讓整趟旅程變得複雜，不過以這種方式迎接來自遠方的人、素未謀面的人，確實細膩。

在某個國家，他們會教育小男孩使用小便斗的方法。所謂教育，指的不是如何使用小便斗，而是當廁所裡有數個小便斗時，該如何選擇小便斗。

進入空無一人的廁所，決定將使用哪個小便斗時，必須考量下個進來的人會使用哪個小便斗。因此，當廁所內有三個小便斗時，就算裡面沒有任何人，也不要使用中間的小便斗。如果廁所沒什麼人，需要使用的人應避免直接站在他人旁；如果廁所人很多，需要使用的人應避免緊貼在他人身後等候。乍看之下是關於使用廁所的禮儀，實際卻在表達「越是城市人，越該細膩對待他人的重要性」。我見過穿外套或背包包時，總是習慣回頭注意是否會碰到他人的人，也見過在地鐵站或商店等人潮較多的地方，習慣觀察並確認自己是否站在路中間擋住他人的人。

「當個遲鈍的人，有時也很舒服」這句話，實在讓我很不舒服。原因在於，必須和完全不在乎他人的人一起度過漫長時間，就我個人而言，只有滿腹鬱悶。

從濟州北上途中。上飛機後，發現有人坐在原本應屬於我的座位上。是一對老夫妻，老奶奶坐在窗邊，老爺爺則是坐在中間位置。當我問道：「請問兩位的位子是這裡嗎？」反而被問了一句：「因為想坐靠窗，所以先坐了。不能直接這樣坐就好嗎？」於是，我順著兩位老人家的意思，坐在靠走道的位子——那一排有三個座位。

飛機起飛前，所有乘客都已上機，前面依然空了不少座位。相較於幾乎坐滿的後排，前面約莫空著多達三十幾個位子。我解開安全帶起身，移往前一排的靠窗座位。空服員前來詢問我是否坐在正確的位子，並表示須支付不同的費用才能使用目前的座位，要求我坐回自己的位子。我只好摸摸鼻子坐回原本的座位。從這時開始，坐在我身旁的老爺爺便一直將身體緊緊靠向老奶奶那側，飛行整整一個小時都是如此——大概是因為我讓出自己偏好的座位給他們，導致老爺爺認為我覺得自己的座位狹窄、不舒服吧。飛機落地後，我詢問老夫妻是否有擺放什麼隨身物品在頭頂的行李置物箱——這是我回應細膩體貼的老爺爺的拙劣方式。

另一段則是關於酒吧的故事。在酒吧，如果是獨自一人前往喝酒時，老闆會在這類客人的對座擺一副筷子。不過問客人獨坐的原因，是這間店的哲學。

希望在獨自上門的客人孤零零喝著酒時，有種自己是和某人一起喝酒的感覺。藉此，不那麼醉，不那麼寂寞，多坐一陣子再離開，是老闆細膩的「哲學」。取代某人的存在，正是時不時出現在視線內，置於對座桌面的那一雙筷子。

對我來說，只要不是太過遲鈍的人，都會讓我擁有想與對方交流的念頭。其實，即使我們一直維持良好的往來關係，也會因為忽然變得遲鈍，而不再見面，甚至漸漸疏遠。或許是這個原因吧？我才會索性遠離遲鈍的人。

有時，對於「不細膩的人」而言，細膩的人無疑是「令人頭痛的一群人」。

三角山
屋台のしょうゆ味
五衛門ラーメン

沒錯，
無論是這件事或那件事，
都不算太差

回程路上，在國道休息站停好車後，多走了幾步去看一看海。一位老人家正坐在車裡的駕駛座用餐，我儘管只瞥了一眼飯碗，也能知道那應該不是買來的餐點，而是自己煮的。各式各樣的生活用品凌亂地散落於駕駛座周圍，我假裝不以為意，藏好自己的心酸，便匆匆經過那個地方。兩天後，結束旅行的我，再次經過那個休息站。不是刻意，只是碰巧。

那輛車依然停在同個位置。從海邊回來的路上，見到了那位老人家。原本正打開後車廂翻找東西的他，一察覺我的經過，即刻暫停動作，用身體遮住某些東西，但我很快地瞧見車後的狀況。那是個有攜帶式瓦斯爐、鍋子、泡麵、雞蛋等各種生活用品的廚房——我第一次看見那般冷清的廚房。

雖然很想詢問究竟是怎麼回事，但我不過是路過此地的旅者罷了。

沒錯。這樣子過生活，其實也不差。

某次，在火車內見到另一幕景象。那是一位年約三十五歲的男子，我之所以會被他吸引目光，是因為只要火車在任何一站停下來，都有許多人盯著那位男子。原因在於，他穿著年輕孩子們會穿的鮮豔T-shirt，搭配外套，摟著一隻非常大的玩偶。那隻玩偶彷彿和他一起生活了長達十年，全身破破爛爛且滿是灰塵。男子一上車，決定好座位後，便將玩偶緊擁入懷，並貼近自己的臉頰。

對於絲毫不在意旁人目光的他，我非常驚訝，竟有三十多歲的男子像個孩子一樣抱著玩偶？當下我能做的，只是明目張膽地注視著他。

有別於我汙穢的好奇心，男子的神情顯得相當自在，不，「眼神澄澈得令人不可置信」才更貼近事實。當時，我默默意識著一切，並喃喃自語著。

沒錯。那樣完全不在意他人的人生，正是我想要的人生。

另一次則在清涼里站，是我在候車處等待即將到站的火車時見到的事。一位看起來年逾五十歲的男子，不，寫是寫

「男子」，卻是個讓人必須留心使用「男子」一詞的人物。他雙耳戴著又大又閃閃發亮的耳環，穿著黑色絲襪、裙子與女款襯衫，頭戴著一頂褐色假髮搭配髮帶。其實，這並不算特別，關鍵在於他身旁坐著看起來年屆八十的父親，不斷要他吃點雞蛋，並詢問著「要不要幫你買果汁？」之類的問題，悉心照顧著自己的兒子。

面對父親的一舉一動，兒子要不是稍微轉身表達自己的不願意，就是看著手中的鏡子補妝——在八十歲的父親面前，塗抹唇膏的五十多歲兒子。

即使世上「多得是這種事」，但眼前的景象，顯然已到了「完全不重要」的程度。相反，就算稱之為奇蹟或命運，勢必也存在著無法接受的立場。我沒來由地將自己代入那位父親的立場，嘗試揣摩一切情況，情緒很複雜、奇特、茫然。然而，從另一個角度來看，只要站在「讓兒子活出原有樣貌」的立場，想法確實會輕鬆、清晰、簡單許多。

搭上火車後，碰巧也在等候同班火車的父子，坐進了距離不遠的座位。父親坐在左側靠窗位，兒子則坐在前二、三排的右側靠窗位。

是前往何處的路途呢？兩人要回家嗎？若不是，那麼，是前往什麼更好的地方嗎？

火車駛進隧道，我闔上雙眼。

耳邊傳來「所謂好地方，究竟是指什麼樣的地方？」的聲音。經過隧道，想必不久後就能看見窗外滿滿的春色吧。

國家圖書館出版品預行編目資料

愛上名為「自己」的風景／李秉律文字、攝影；王品涵譯. -- 初版. -- 臺北市：日月文化出版股份有限公司，2021.09
336面；14.7×21公分. --（大好時光；47）
譯自：혼자가 혼자에게
ISBN 978-986-079-533-2（平裝）
862.6　　110012223

大好時光 47

愛上名為「自己」的風景

沒有人能使你強大，那些能做的、想擁有的，都是因為「獨自一人」而實現

혼자가 혼자에게

作　　者：李秉律
譯　　者：王品涵
責任編輯：陳玟芯
校　　對：陳玟芯、謝美玲
封面設計：Ancy Pi
美術設計：林佩樺

發 行 人：洪祺祥
副總經理：洪偉傑
副總編輯：謝美玲
法律顧問：建大法律事務所
財務顧問：高威會計師事務所
出　　版：日月文化出版股份有限公司
製　　作：大好書屋
地　　址：台北市信義路三段151號8樓
電　　話：（02）2708-5509　傳　　真：（02）2708-6157
客服信箱：service@heliopolis.com.tw
網　　址：www.heliopolis.com.tw
郵撥帳號：19716071 日月文化出版股份有限公司

總 經 銷：聯合發行股份有限公司
電　　話：（02）2917-8022　傳　　真：（02）2915-7212
印　　刷：禾耕彩色印刷事業股份有限公司
初　　版：2021年9月
定　　價：380元
I S B N：978-986-079-533-2

生命，因閱讀而大好